애정하는 사람 ____________________

애정하는
사람

민서 에세이

히읏

프롤로그

저는 가수입니다. 그래서 아직 작가라는 이름과 지은이라는 호칭이 어색하기만 합니다. 이 책을 읽고 나면 자연스레 알게 되시겠지만, 원래(라고 하는 것도 웃깁니다) 저는 처음부터 지금까지 가수라는 직업만을 가지고 살아왔습니다. 그러다 좋은 기회를 얻어 연기를 할 수 있게 됐고, 드라마와 영화에도 얼굴을 담아낼 수 있었습니다. 노래만 부를

줄 알았던 사람이 새로운 영역에 도전한다는 것은 감사하면서도 그만큼이나 두렵고 또 어려운 일이기도 했습니다.

제가 책이라는 것에 관심을 가진 건 스무 살이 된 뒤부터였습니다. 어렸을 때는 노느라 글과는 가깝지 않았거든요. 그러다 읽게 된 몇 권의 책이 내 감성을 충만하게 만들어주기도 했고, 허한 마음을 달래 주기도 하더군요. 그게 참 좋았습니다. 글이라는 게 책이라는 게, 얼굴을 마주 보고 이야기하지 않아도 이렇게 가깝게 다가올 수 있는 거구나.

다른 작가님들이 쓰신 프롤로그를 찾아 읽어보았습니다. 그간의 삶, 영감을 받은 것들, 아니면 이 책을 통해 얻어 갈 수 있는 것들까지, 각각 여러 목적과 이유에 맞게 잘 적어두셨더라고요. 괜히 더 작아졌습니다. 늘 그렇습니다. 새로운 것 앞에선 매번 이렇게 쪼그라든다는 말이 어울릴 정도로 작아지곤 합니다.

그래서 일단 저는, 그냥 이 책을 쓸 수 있게 도와준 사람들에게 감사하다고 말해보려고요. 이런 작디작은 저에게 손을 내밀어 용기와 끝없는 믿음을 주신 작가 선배들, 그리고 내게 살아 있는 감정을 느끼게 해주고 살만한 세상을 만들어준 내 소중한 친구들, 선생님, 단 한 번 본 얼굴들에게도요.

지나고 나서야 알았습니다. 내가 전보다 자신을 사랑할 줄 알게 된 건, 순전히 나 혼자 해낸 것이 아니라는 것을요. 그 순간에는 또 왜 미처 몰랐을까 싶지만, 지금이라도 알았으니 그들에게 감사 인사를 해야겠습니다. 나를 아껴주고 사랑해주고, 늘 곁에 존재해주는 소중한 인연들. 그들 덕분에 여기 앉아 이렇게 책도 쓰고 또 나아가서는 노래도 할 수 있다는 것을 압니다. 그때는 몰랐지만 이렇게 적어놓고 나니 떠오르는 얼굴이 참 많습니다.

내 주변의 다른 사람들, 그리고 이 글을 읽고 계신 여러분도 마찬가지 아닐까요? 모르고 지나간 순간이 많을지도 모르겠습니다. 너무 사소했고 혹은 너무 익숙해서 자연스레 넘어간 순간들도요. 가만히 앉아 지금의 나를 생각해보면, 그들의 사소하고도 익숙했던 마음들이 나를 여기까지 버티게 해줬던 건지도 모릅니다. 책에는 그런 순간들을 찾아 적어봤습니다. 그리고 저는 앞으로도 이런 방식으로 저를 사랑하는 방법을 찾아 나가려 합니다. 예전에는 조금 오글거린다고 생각했던 말이 있는데요. 지금은 그 말이 참 마음에 듭니다.

Love yourself.

목차

제 2장

존재만으로 고마운 사람

제 3 장

목련이 폈더라

“

나 자신이 미워졌다가 좋아졌다가 하는 건
내가 나를 사랑하고 있기 때문이었다.

”

제 1장

해주고 싶은 말

이대로의 행복

꼭 나만 그런 건 아니겠지만, 삶은 늘 마음대로만 살아지지는 않는 것 같다. 얼마 전까지도 마찬가지였다. 내 삶이 마음대로 살아지지 않아서 기분이 별로였다. 그냥 온종일 집에서만, 침대 위에서만 축 늘어진 채로 지냈다. 일도 손에 잘 안 잡히고. 가끔은 노래하는 것도, 생각하는 것도 귀찮아지고.

그러다 문득 궁금해진 거다.

"나는 왜 기분이 별로일까?"

"삶이 마음대로 살아지지 않는 건 누구에게나 당연한 거니까 그렇다 쳐도, 왜 이렇게 나만 늘어져 있지?"

그렇게 생각을 이어가다 보니 문득 알게 된 것 하나는, 바로 나는 내가 좋아하는 것들을 내게 안 해주고 있었다는 것. 다른 사람을 챙기는 데에는 그렇게 눈에 불을 켜고 있었으면서. 가끔은 자신에게 상처를 주면서까지 남의 편의를 봐주기도 했으면서. 생각이 거기에까지 닿았을 때, 나는 재빨리 몸을 일으켜서 이것저것, 내가 좋아하는 것들을 챙기기 시작했다. 애니메이션을 봤다. 그림을 그리고 게임을 했다. 좋아하는 음식을 앞뒤 가리지 않고 주문했다.

그러니까 기분이 놀랍도록 나아지는 것 같았다. 다음 날에는 배가 불러서 먹지 못했던 다른 좋아하는 음식을 먹고, 비가 와서 가지 못했던 가게에 들러 이것저것 구경하기도 했다. 시간이 남는 날에는 벼르고 있던 애니메이션이나 TV

프로그램들을 끝까지 정주행했다.

모두의 삶이 서로 다른 이유로 어려운 것처럼, 각자의 취향도, 각자가 기분 좋아지는 방법도 다 따로따로 있다는 것을 천천히 알아가고 있다. 만약 자신의 취향이나 살아가는 방향을 숨기느라, 내가 아니라 남들만 신경 쓰느라 행복해하지 못하고 있는 친구가 있다면, 아주 조심스럽게 말을 걸어보고 싶다.

너는 뭘 좋아해? 나는 애니메이션을 좋아해. 사람들의 시선에서는 어떨지는 모르지만, 난 이게 정말정말 좋아. 꼭 내가 좋아하는 걸 누군가가 인정해줘야만 하는 건 아니잖아. 그냥 내가 좋아하는 걸 자주 해주면, 내 기분이 좋아지는 거였어. 이제야 알게 된 거야.

그래서 궁금해. 너는 뭘 좋아해?

넌 자신에게 무엇을 줬을 때 가장 기뻐하는 사람이야?

행복하자

하루는 친구 작업실에 놀러 갔다가

생각지도 않게 노래를 엄청 불렀어.

한 명이 신이 나서 노래 부를까? 한 게 시작이었어.

근데 가만히 생각해보니까, 이거 참 대단한 거였더라.

아무것도 신경 쓰지 않고

피아노와 기타를 쳐주며 노래하는

우리의 지금만을 생각했던 게 말이야.
노래 부를까? 해서 노래를 부를 수 있다는 것.
그게 너무 좋고 행복한 일이라는 걸
그동안은 너무도 익숙했기에 몰랐던 거야.

젊음 역시 마찬가지겠지.
당연해서 몰랐던 젊은 순간들이 많겠지.
그런 이야기를 들은 적이 있어.
나한테 남은 여름이 백 번도 안 된다는 말.
정말 그렇잖아. 많이 놀랐어.
별안간에 여름이 조금 더 소중해졌어.
그건 아마 겨울에도 그 언제라도 마찬가지일 거야.

행복하자.
여름에는 여름의 방법으로
겨울에는 겨울의 방법으로 말이야.

좋은 사람을 만나고 싶다

아무리 엉덩이를 붙이고 앉아있어도 무미건조하게 흘러가는 시간들 앞에서 의미를 건지기란 쉽지가 않다. 나는 참 자주 기분이 왔다 갔다 하는 편인데, 지금은 다시 암흑기로 슬슬 가고 있는 듯하다. 분명 열심히 했고 노력했지만, 이 시간과 노력을 알아주는 사람이 없다는 건 사람을 좀 지치게 만든다. 그래 아무것도 안 하는 시간에 뭐라도 해보고자 이것저것 계획해놨지만, 이게 나에게 의미가 있을까를 다시 깊게 고민하게 된다. 적당한 삶의 의미와 깨달음 같은 게 있다면 오늘의 글쓰기가 좀 편안했을 텐데, 요 근래에는 잘 모르겠다.

좋은 사람을 만나고 싶다.
낯간지러운 이야기를 나누고 싶은데 밤만 깊어가네.

가수가 된 이유

친구가 비건, 그러니까 채식주의자가 됐다.

그 아이가 비건이 된 계기는 간단했다. 그저 채식을 주제로 삼은 책을 한 권 읽었을 뿐이다. 누군가가 생각하기에는 말도 안 되는 변화일 수도 있다. 겨우 책 한 권 읽고 평생의 식습관을 바꾼다는 게 말이다. 당연히 그렇게 생각할 수도

있겠지. '만 원에서 이만 원쯤의 책 한권으로 평생의 식습관을 바꿨다고?'

하지만 나는 친구의 선택을 응원해주었다. 원래 한 사람의 생활을 바꾸는, 아니, 어쩌면 인생 전체에 관여할 수 있는 선택은 생각보다 사소한 것에서 온다는 것을 알고 있었으니까.

엄마는 젊었을 때 예쁜 직업, 이를테면 승무원이나 아나운서, 연예인 같은 사람이 되길 원했다고 한다. 아빠는 노래를 잘해서 가수 제의를 많이 받았다고 한다. 하지만 두 사람은 승무원도 아나운서도 연예인도 가수도 되지 못했고, 그런 상태로 만나 결혼하고, 평범한 가정을 꾸리고, 동생과 나를 낳아 길렀다. 그럴 리는 없겠지만, 아직도 가끔은 엄마와 아빠가 못다 이룬 꿈을 나에게 씌운 것 같다는 생각을 종종 한다. 새파랗게 어린 애를 음악회 합창단에 보내셨었으니까.

처음에는 얌전히 노래만 부르러 다녔다. 별다른 재미를

느끼지는 못했다. 나에게 음악회 합창단은 엄마아빠가 하라고 한 거니까 그냥 하는 일에 속했다. 그러다 어느 날 그 일이 생긴 것이다.

선생님께서 여덟 살 일곱 살, 몇 명의 솔로파트를 세워놓고 열심히 노래를 부르게 했다. 그 안에는 나도 있었다. 나는 그때도 그저 시키니까 열심히 노래를 부르기만 했다. 그런데 웬걸. 갑자기 너무 잘한다는 말이 여기저기서 들리는 게 아닌가.

"민서가 솔로 해도 되겠다."

선생님께서는 그렇게 말하셨다. 짜릿했다. 피아노 선생님과 친구들 사이에서 난데없이 주인공이 된 느낌이 들었다.

그때 이후로 음악 관련된 건 다 하기 시작했다. 마침 그때가 케이팝이다 뭐다 해서 여러모로 대중가요, 노래 바람이 불기 시작할 때였다. 노래 부르고 춤추고 하는 직업이 있다는 것도 그때 처음 알았다. 주인공이 된 기분을 느낀 지 얼마 지나지 않아서 그런 직업이 있다는 걸 알게 됐을 때 든 생각은 그랬다.

"아, 내가 해야 하는 건 저거구나."

그때부터 부모님은 오히려 나를 말리기 시작했지만 나는 계속 노래를 불렀다.

삶을 통째로 뒤흔드는 변화는 의외로 작은 것들로부터 시작된다. 누군가는 고작 책 한 권을 읽고 채식주의자가 되기를 결심하기도 하고, 다른 누구는 너 정말 잘한다 하는, 그런 작은 칭찬 한 번을 듣고 일생의 진로를 결정하기도 한다. 파도가 만들어주는 터널을 단 한 번 달려본 사람은 그 한 번의 경험을 잊지 못해 매년 서핑보드를 들고 바다를 찾고, 또 누구는 우연히 몇 번 마주친 사람과의, 말 그대로 우연을 시작으로 평생을 약속하기도 한다.

세상을 이루고 있는 수많은 변화와 도전 앞에서 용감한

사람이고 싶다. 해보지 않은 것, 되어보지 않은 나의 모습을 미리 겁내고 싶지 않다. 그것들 중 어떤 것이 내게 좋은 것을 줄지, 어쩌면 내 삶 자체를 새로운 방향으로 뒤엎어버릴지는 아무도 모르기 때문이다.

야경

오랜 시간 동안 나를 따라다니는 것이 있다.

바로 불안이라는 감정이다. 잠시도 쉬지 않고 늘 느꼈던 것 같다. 어느 날은 내가 왜 이렇게 불안을 자주 느끼는 걸까 싶어서 스스로에게 계속 물어본 적이 있다. 도대체 왜 그러는 건지. 뭐가 그렇게 불안한 건지를.

방송에서도 한 번 이야기한 적이 있지만, 중학생 때 아버지께서 하시던 사업이 망했던 적이 있다. 최대한 좋게 표현하고 싶은데, 대체할 단어가 떠오르지 않을 정도로 망했다는 표현이 어울리는 상황이었다. 당연히 경제적으로 어려워지기 시작했고 그때 드는 생각은 얼른 돈을 벌고 싶다는 것뿐이었다. 빨리 일해서 돈을 벌어야 가족들에게 보탬이 될 수 있을 테니까.

그 생각은 성인이 되어서도 변하지 않았다. 한 번 휘청거린 집안은 생각보다 쉽게 원래대로 돌아오지 않았고 예전보다 상황이 더 나아지더라도 내 생각에는 변화가 없었다. 얼른 일하자. 얼른 돈 벌어서 사랑하는 사람들을 지키자. 오직 그 생각뿐이었다. 하지만 학생에서 성인이 됐다고 해서 쉽게 문제가 해결되는 건 아니었다. 사랑에 빠진 직업이 하필 사람들의 사랑을 받아야 하는 직업이었으니까. 내가 선택한 직업은 규칙적으로 출퇴근 시간이 정해져 있는 것도 아니고 명확한 업무와 수입이 보장된 것도 아니다. 이 일을 하다 보면 내게 내일이 없을 수도 있겠구나, 그런 기분이 매일같이 느껴질 정도로 불안정한 직업이다. 그러다 보니 자주 불안을 느꼈고, 또 그것을 돌파하기 위해 일을 하고 돈을 벌기를 반복했다. 그러면 좀 괜찮아질 줄 알았는데 변하는 건 많지 않았다. 내가 하는 일들 중 '안전하다'라는 느낌을 주는 게 여전히 하나도 없는 상황이었던 것이다.

내 마음이 스프링처럼 느껴질 때가 있다. 불안 같은 부정적인 감정을 필요 이상으로 자주 느끼거나 계속 억누르려고 할 때마다, 그게 더 강하게 튀어오르는 기분이랄까. 물론 매 순간 그런 감정을 느끼는 것은 아니다. 평온하고 안온한 날도 있다. 문제는 불안 같은 부정적인 감정을 자주 느끼다 보면 평온한 순간에도 불안한 이유를 찾게 된다는 것이다. 아무일 없이 고요하면 마치 폭풍이 오기 전에 날씨가 좋은 것처럼, 무슨 일이라도 곧 일어날 것만 같은 느낌을 받는다. 나는 그렇게 가만히 있는 스프링도 억지로 이유를 찾아서 눌러버린다.

그런 스프링이 도저히 버티지 못하고 튀어 오를 때면 최대한 혼자 있고 싶어진다. 오늘도 그런 날이라 버스나 전철이 아닌 택시를 탔다. 택시에 타서도 평소 같으면 기사님과 대화를 하면서 갈 텐데 차에 타자마자 귀에 이어폰을 꽂았다. 아주 작은 말소리조차도 무겁고 피곤하게 느껴져서 가사가 없는 조용한 연주곡을 들었다. 매번 하던 고민이 다시 떠오르기 시작한다.

잘하고 있는 걸까. 그냥 여기서 모든 걸 포기할까.
내일을 향해 걷지 말까. 가만히 있으면 도태될지언정
망가지지 않을 수는 있을 텐데.

그래도 다행인 것은 누가 읽을지도 모르는 책에다 이런 이야기를 쓰는 게 하나도 부끄럽지 않다는 것이다. 물론 경험하지 않으면 좋은 감정이겠지만, 내가 느낀 불안이 지금의 나를 만들었으니까. 더 노래하게 만들고 무언가 하나라도 더 시도하게 만들었으니까. 나뿐만 아니라 많은 사람이 불안이라는 감정으로부터 자유롭지 못할 거라고 생각한다. 저마다 다 다른 이유 또는 비슷한 이유로 불안을 느낄 것이다. 그리고 그 감정이 쉽게 사라지지도 않을 것이다. 앞으로도 불안이라는 감정은 나를 계속 따라다니겠지만, 괜찮아지기 위한 연습을 하나씩 해나갈까 한다. 요즘 가장 연습하고 있는 건 평온한 순간에 불안해할 이유를 찾지 않는 것이다. 아름다움 속에서 그저 아름다움만을 느끼는 것. 평온하고 행복한 상태에서는 그 감정을 최대한 누리는 것. 어렵지만 조금씩 연습하고 있다.

계속 거듭해도 답이 나오지 않는 고민들은 그만 생각하기로 한다. 나를 불안하게 만드는 생각을 지우기라도 하듯 음악 볼륨을 높였다. 그리고는 감고 있던 눈을 뜨고, 서울의 한복판을 달리고 있는 택시 안에서 창밖을 바라보며 나지막이 말했다.

"야경 참 예쁘네."

사랑노래

촬영을 함께하던 배우 선생님들과 술자리를 가질 때였다. 술이 조금씩 들어가고 밤은 깊어가다 보니 다들 이런저런 생각이 많이 나셨나 보다. 한 분씩 번갈아 한 곡을, 또 어떤 것은 입을 모아서 한 곡씩을 부르기 시작했다. 노래는 대체로 옛날 노래들이었다. 김광석 가수님이나 이문세 가수님의 노래들. 언제 들어도 좋은 작품들.

그렇게 쉬지 않고 노래들을 부르시는데, 그걸 가만히 듣고 있자니 노래 가사들이 전부 다 사랑에 관한 것들이었다. 그래서 문득 마음이 이상해졌다. 물론 요즘 노래들의 가사 속에서도 사랑은 쉽게 찾을 수 있지만, 요즘 나온 것과는 다른 분위기의 사랑, 조금 더 사랑다운 사랑이 그 옛날 노래들에는 있었다. 요즘 사랑노래는 뭐랄까, 좀 힙하고 세련되고, 가벼워지고, 뭔가 멋처럼 여겨지는 느낌이 있는데 옛날 노래들에는 반대로 절절한 분위기들이 어려 있다. 이 노래는 이 노래대로 애절했고, 저 노래는 또 저 노래대로 너무도 아련했다. 너무 사랑했단다. 너무 사랑해서 여전히 기다린단다.

조금은 무례하게 들릴 수도 있겠지만, 옛날 사람들은 참 순수했구나, 그런 생각이 들었다. 그 사람들은 정말 사랑밖엔 없었나 보다. 요즘은 다 멋있고 잘 보여야 하고, 그런 부가적인 게 많은데 옛날엔 사랑만 할 수 있으면 다 괜찮았나 보다. 전부였나 보다. 아마 인생에서 가장 중요한 게 뭔지를 누군가가 묻는다면, 모두가 사랑이라고 대답했겠지 싶을 정도로 말이다. 그 자리에 앉아 노래를 부르는 선배님들도 그랬겠지. 다 같은 노래를 부르고 있지만 각자 다른 사람을 그리워하고 있었겠지. 거리에서 기차 안에서 그때 그 골목길에서, 무엇을, 누구를 찾고 있었던 걸까. 사랑하는 사람, 보고 싶은 사람, 그리운 사람을 생각하고 있었을까. 어쩌면 여전히 사랑하고 있는 걸까.

누구도 막지 못했던 그들의 열정, 순수한 가사 속의 그리움을 나는 당연히 알지 못한다. 나도 그때의 그런 불타는 사랑을 해봤다면 얼마나 좋았을까. 한 번쯤은 겪어보고 싶다. 누구도 막을 수 없는 사랑을. 처절한 상황에서도 결국 꽃피우는 사랑을. 그리고 나도 그 장면 속에서 함께 타오르고 싶다. 사랑 그 자체가 되고 싶다.

나를 먼저 사랑할 것

사람들은 참 다양하다. 어쩜 이렇게 다양한 모습과 다양한 성격으로 태어나고 자랄 수 있을까. 단 한 명도 같은 사람이 없다. 우리 부모님과 나조차도 다른 모습과 다른 성격으로 살고 있으니. 그렇게 수많은 사람 중에서 조금 더 애착이 가는 유형의 사람은 바로 신기할 만큼 이타적인 사람들이다. 가끔은 너무 이타적이라 자신의 생각이나 욕망, 희망 같은 건 다 무시하고 오로지 남에게 나를 맞추는 사람들.

요즘 재밌게 보고 있는 TV 프로그램이 있다. <환승 연애>라는 프로그램이다. 그 프로그램에 출연한 한 출연자가 이타적인 사람들을 영어로는 'selfless'라고 표현한다면서, 그들을 걱정하는 말을 한 적이 있다. 그런 사람들에게 조금 더 애착이 가고 TV 프로그램 속의 그 장면이 유독 기억에 남는 건, 나도 그런 유형의 사람이라서 그런 거겠지. 자꾸 나의 존재 의미를 타인으로부터 찾았던 적이 많았다. 남에게 잘해주는 내 모습, 누군가에게 사랑을 주는 모습만을 보여주고 싶었다. 친구들에게 자주 어깨를 내어줄 수 있는 사람이 되고 싶었다. 사람들에게 잘 대하다 보면 그 속에서 진정한 나를 찾을 수 있는 거 아닐까, 그렇게 생각했었다. 그 출연자는 이렇게 말을 이어갔다.

"비행기에 탑승해 있는데 긴급 상황이 생길 수 있잖아요? 그때 지켜야 할 수칙 중 하나가 산소 호흡기가 내려오면 내가 먼저 쓴 후에 옆에 앉은 사람을 도와줘야 한다는 거예요. 내가 나 자신에게 좋은 걸 못 해주면 남한테도 좋은 걸 못해주는 거죠. 내가 100이 아니면 남에게도 100을 줄 수 없어요. 너 자신을 사랑하라는 말, 되게 오그라들게 느끼는 사람이 많은데 사실은 논리적인 말이에요."

한동안 멍해져서 그 말을 곱씹을 수밖에 없었다. 나를 사랑해야 한다는 말은 낯 부끄러운 말이 아니라 논리적인 말이라니. 그 말을 들은 것을 계기로, 그저 남을 사랑하는 마음만 있던 나는 나를 어떻게 사랑해주고 있는지를 고민하기 시작했다. 나는 나를 100으로 만들기 위해 스스로에게 무엇을 해주고 있나. 나는 나를 제대로 채우고 남의 마음을 채워주고 있었나. 사실, 남에게 나를 맞추고 사랑을 주고 마음을 나눈다면 내가 그들을 대했던 것처럼 그들도 나를 똑같이 사랑해주고 나를 채워줄 거라고 착각했던 건 아닐까.

물론 내 주변 사람들이 전부 내 마음을 채워주지 못한다는 건 아니다. 하지만 분명 내 마음속 어느 한구석에는 타인으로부터 채울 수 없는 아주 개인적이고 비밀스러운 부분이 있을 것이다. 이 큰 세상 속에서 나를 완벽히 이해할 수 있는 사람은 오로지 나뿐일 것이고 그 비밀스러운 공간은 나

스스로만이 채울 수 있을 테니까. 나를 더 사랑하고 나를 더 아껴주고 채워줘야겠다. 그렇게 내가 나를 사랑해줘야, 결국 나도 남을 사랑할 수 있는 사람이 될 테니까.

그런 밤

네 사진들을 너무 성급하게 지운 건 아닐까.

다시 되새기고 싶은 날들이 많은 밤, 문득 든 생각이었어. 힘들고 지치기만 하는 일상에서 뭐 하나라도 털어놓을 사람이 없어졌다는 거, 그거 생각보다 되게 힘든 일이더라. 내 하루가 어땠는지 진심으로 궁금해해줬던 네가 가끔은 그리워.

지친 하루 끝에서 음악을 틀어놓고 네 발등위에 내 발을 올리고. 별것도 아닌 움직임들로 춤을 췄던 때가 생각나. 그때 네 발등의 온도, 가슴팍 냄새, 조금 더워서 촉촉해졌던 등 같은 것들. 내가 하는 이상한 행동과 갑작스런 눈물에도 전혀 당황하지 않고 나를 안아주던 네가 생각나. 일부러 멍청하게 웃고 내 품을 파고들던 장난꾸러기 같은 모습도, 짜파게티를 입에 잔뜩 묻히고 자던 모습도.

응, 그립네. 잘 지내니?

그래서 좋았어

네가 내 이름을 불러줬을 때만큼
가슴 설레고 행복하게 뒤돌아본 적이 없는 것 같아.
내 이름은 원래 그렇게 따뜻하게 발음되지 않는데
네 목소리와 입술에서 나오는 내 이름에는
아주아주 온기가 가득했어.

그래서 네가 내 이름을 불러주는 게 참 좋았어.
내가 아주 따듯한 사랑을 받고 있는 것 같아서.
언제 어디서나 나를 그렇게 불러줄 것 같아서.

내가 오래 알아왔던 너는

언젠가부터 MBTI라는 게 유행을 끌고 있다. 성격의 유형을 나눈 건데, 자신이 어떤 유형인지에 따라 16가지의 타입으로 나뉜다고 한다. 네 자리의 유형 분류 중 맨 앞자리는 내향형인지 외향형인지, 두 번째 자리는 감각 유형인지 직관 유형인지에 따라 갈리는 식이다. 나는 늘 I로 시작하는 유형, 그러니까 늘 내향적인 유형으로 결과가 나오는데, 사람들은 늘 나를 보고 외향적인 사람이라고 생각하거나 넘겨짚곤 했다. 내 MBTI 유형이 INFP라고 말하면, 사람들은 가끔씩 우스갯소리로

"네가 어떻게 I 성향이지?
민서 넌 무조건 E지. 완전 'EEEE'아니야?"

라는 말을 건네기도 했다. 나는 그럴 때마다

"그치? 어쩌면 ENFP일수도 있어.
I랑 E랑 수치가 비슷했던 것 같아."

하고 웃어넘길 수밖에 없었다.

사실은 아니었다. '외향적인 것처럼 보이는 사람'으로 변한 것 뿐이다, 나는 여전히 낯선 사람들과 만나는 것을 힘들어하는 사람이다. 어색하고 견디기 힘든 시간을 같이 이겨내 보려고 노력하는 것일 뿐이지, 뼛속까지 외향적인 사람은 아닌데 말이다.

그런데 어느 날은 오랜 친구 한 명이 위와 비슷한 대화를 옆에서 듣다가 이렇게 말해준 적이 있다.

“아닌데? 민서 완전 다른데? 얘 편한 사람이랑 있을 때랑 아닐 때 표정부터가 달라.”

그 짧은 말, 별로 나를 생각해서 한 게 아닐 수도 있는 말에 나는 왜 그렇게도 크게 감동했던 걸까. 그 순간에는 뭔가 다 위로받는 것 같은 느낌이 들었다.

주변 사람들로부터 그런 말을 들을 때마다 왠지 보호받는 느낌이 들어 기분이 좋다. 내 성격이 아무리 방어적으로 변하고, 살기 위해 괜찮아 보이려고 가면을 써도 그 내면을 봐주는 사람들이 있다는 거니까.

오래 함께하고 있는 사람, 실제로 오래되진 않았더라도 오래된 것처럼 가까워진 사람들과의 관계는 늘 그런 것 같다. 처음 봤던 그 나이의, 그 모습의 사람으로 줄곧 머물러 있는 것 같다. 그래서 네가 몇 살이지, 그렇게 묻고 나이를 들으면 되게 놀라게 될 때가 있다. 오랜만에 봐도 아직 그 순간에 있는 느낌이랄까.

고맙게도 몇몇 친구들에게 내가 여전히 처음의 그 모습으로 기억되고 있는 것처럼 나 역시 소중한 사람들을 나만의 방법으로, 되도록 있는 그대로 기억하고 대해주고 싶다. 조금은 나한테 기대도 좋을 것 같다. 칭얼거려도 좋고 서로 낯부끄러운 소리를 하게 되어도 좋다.

'내가 아는 이 아이는 그런 애 아닌데?'

나 역시 그런 말과 함께 소중한 사람들을 지켜주고 싶으니까.

그래도 괜찮겠다고 생각해

모두가 즐거워하는 모임 안에서
어느 날 누군가가 내게 이렇게 물어왔어.

"민서야, 넌 항상 왜 안쓰럽게 웃어?"
"왜 안쓰럽게 웃는 것만 같지?"

아마 나는 그렇게 생각했던 것 같아.
모두가 좋으면 아무튼 좋은 거니까
행복한 모습을 보이려 노력했던 거겠지?

모두가 좋아도 내가 좋지 않으면 안 좋은 거라고
이제 가끔은 스스로에게 말해줄까 해.
그렇게 조금씩 솔직해져도 괜찮겠다고 생각해.

태도

좋은 사람은 어떻게 될 수 있는 걸까?

기준이 있다면 그게 무엇일까?

그런 고민을 꽤 자주 한다. 세상에는 다양한 사람이 있고 모두가 합을 이루며 살아가야 하는데 가끔 좋지 못한 사람 때문에 하루의 기분을 망치거나 속이 상하는 일이 생기곤

한다. 그 사람들은 왜 그런 말과 행동, 생김새, 눈빛 등등 타인의 기분을 망치는 모습을 가지고 살아가는 걸까.

어떨 때는 너무 싫고 화가 나서 그 사람들과 똑같이 행동하고 싶어진다. 내게 상처를 줬으니까 나도 상처를 주고 싶었고, 나를 화나게 하면 나도 똑같이 화나게 만들고 싶었다. 물론 미운 생각, 미운 짓이지만, 그렇게 하지 않으면 내 안에 있는 무언가가 폭발할 것만 같았다. 그런 사람들과 다른 사람이 되고 싶었다. 정말 좋은 어른이 되고 싶다는 생각은 예전부터 지금까지 한결같이 하고 있다. 남에게 나쁜 영향력을 주는 게 아니라 좋은 영향력을 주고 화만 잔뜩 품은 게 아니라 너그러운 마음을 가진 그런 사람.

정말, 좋은 사람이 되려면 어떻게 해야 할까?

좋은 사람은 어떤 웃음을 갖고 있고, 어떤 말투를 쓰며 어떻게 행동할까. 좋은 사람들은 어떤 모습일까. 한 명, 한 명씩, 내 주위에 있는 내 기준에서의 좋은 사람들을 헤아려봤다. 그러다 알게 된 사실은 딱 하나였다. 그들은 겉모습도 성격도, 모든 게 너무나도 제각각이었다. 이렇게나 제각각인데, 나는 왜 그 사람들을 하나같이 좋은 사람이라고 생각했던 걸까?

생각에 생각을 거듭하다가 나름대로 내린 결론은 좋은 사람들은 전부 좋은 태도를 가졌다는 거였다. 내 기준에서의 좋은 태도란, 뭐랄까, 눈앞에 놓인 것들에 늘 최선을 다하는 사람이다. 그게 관계가 됐든 일이 됐든 사랑이 됐든 말이다. 왜, '기분이 태도가 되면 안 된다'는 말을 지키고 사는 사람들. 눈앞에 어떤 일이나 시련, 힘듦이 찾아와도 자신의 태도를 잃지 않는 거다. 누군가 나를 기분 나쁘게 대하더라도, 너무 기분이 안 좋고 힘이 들더라도 내 앞에 놓인 그 사람에겐 끝까지 최선을 다하는 태도를 보여주는 것. 그렇게 내 태도를, 나를 잃지 않고 지키는 것.

좋은 사람이 가지는 좋은 태도를 잊지 말아야겠다. 어쩌면 힘들고 고될지라도 내가 남에게 주는 영향력이 결국 내게 돌아올 것을 알기에.

A에게

A, 안녕. 잘 지내? 요즘 마음은 좀 어때? 사실 네게 이렇게 메시지를 남겨두는 게 괜찮은 일일지, 혹여나 괜히 네 맘이 더 복잡해지고 또 한 번 되새기며 힘들어하지 않을지를 계속 고민했어. 그래서 며칠은, 아니 못해도 보름은 네게 쉽게 연락할 수 없었어. 나 때문에 괜히 더 아프면 안 되잖아. 그래서 조심스러웠어. 그렇게 언제쯤 네게 연락하면 좋을

까를 고민하던 중에 네가 올린 글을 봤어. 내가 얼마나 널 이해하고 있는지는 말할 수 없지만, 너 참 많이 힘들고 복잡해 보이더라. 그냥 조금만 더 빨리, 괜찮은지 먼저 연락해볼걸. 후회했어.

그래서 이렇게 메시지 남겨. 요새 마음은 어때? 힘내라는 말이 얼마나 무책임하고 허망한 말인지 잘 알고 있어. 그래서 쉽게 네게 힘내라고는 못 하겠어.

있지. 나는 나쁘게 산 사람들은 결국 다 벌을 받게 된다고 생각해. 다 되돌아오는 거야. 정의는 이긴다와 같은 유치한 말이 네 마음에 전부 위로가 될 수는 없겠지만, 나는 정말 그렇게 믿고 그렇게 살았어. 많은 사람 속에 숨어서 네게 돌을 던지던 사람들은 결국엔 벌을 받게 될 거야.

내가 이렇게 한마디 보내는 게 네게 힘이 될 수 있을지나 모르겠어. 그치만 우리 잘 버티자.

잘 버티자. 결국 제자리로 돌아올 거야.

눈물 면역

여름만 되면 반드시 우울을 앓는다. 환절기마다 감기를 앓는 사람처럼 말이다. 우울은 환절기 감기처럼 매년 잊지 않고 나를 찾아왔다. 그리고 이 여름감기 같은 우울은 유난히 나를 아프게 들쑤시곤 했다. 이유가 무엇일까 생각해봐도 이렇다 할 이유를 찾아낼 수 없어서 더 힘들었다. 원인이라도 알게 된다면 해결 방법을 조금 더 빠르게 찾을 수 있었을 텐데.

그래도 이제는 일상을 제대로 살아내지 못할 만큼 심각하게 빠져들지는 않게 됐다. 예전의 우울은 참 깊기도 깊었는데 그래서 허우적거리기에만 바빴는데 지금은 좀 익숙해진 느낌이다. 슬픔과 외로움은 나뿐만이 아니라 누구나 항상 느끼고 살고 있는 거라고 생각하기 시작하니까 이 기분을, 이 상황을 우울하게만 여기진 않게 된 것 같다.

요 며칠도 그저 '아, 나 지금 우울하구나' 정도의 생각만 하면서 누워 있었다. 우울은 무기력을 동반하는 경우가 많다. 하고 싶은 것도 만나고 싶은 사람도 없었다. 그냥 우울할 뿐. 하지만 그러다 문득, 깨달음이라도 얻은 것처럼 나를 객관적으로 바라보게 되는 거다.

'지금 내 상태가 좋은 건 아니구나.'

이상하게도 정말 한 번에 인지가 됐다. 하루하루를 잘 보내고 있는 것과는 별개로 내 기분이, 내 마음이 좋은 상태인

건 아니구나 하고. 사실 항상 우울한 건 당연한 게 아닌데. 계속 누워있고 싶었고 아무도 만나고 싶지 않다는 건, 내 어딘가가 아프다는 건데. 그래도 올해에는 작년보다 좀 더 빠르게 알아챈 것 같아서 묘한 뿌듯함마저 느껴졌다.

누가 그랬다. 치료를 하기 위해서 가장 첫 번째로 해야 하는 일은, '내가 아프다는 것을 인지하는 것'이라고. 그래. 인정한다. 나는 좋지 않다. 우울하다. 그러니 이제는 괜찮아질 차례다. 이제 시작이다. 어떻게든 이겨내려고 산책을 하든 사람을 만나든 할 것이다. 그래서 결국의 결국에는 괜찮아질 것이다.

매번 반복되던 모습이라 지겹고 두려웠던 일들이 계속되면서, 나는 또 나만의 방법을 찾아 나가는구나. 아픔조차도 나를 성장시켜주는구나. 나는 그렇게 계속 커가는구나. 아마 지금의 이 우울도 언젠가는 나를 떠나갈 거다. 나는 어떤 방법이든 찾아서 일상의 궤도로 돌아갈 수 있겠지.

우울을 벗어나는 속도가 점점 빨라지는 걸 느낀다. 좋은 일이다. 벗어나야지 하는 의지가 잘 생기지 않는 건 마찬가지지만, 내 지금의 우울을 인지하고 있다는 사실만으로도 단단해지고 있다고 생각하게 된다.

우울한 날이 반복되면서
나만의 무언가가 생기고 있는 것 같다.
그게 꼭 행복의 냄새가 나는 것들이 아닐지라도 말이다.

필름 카메라

첫 시작은 우연이었다. 스무 살 무렵 친구가 필름 카메라 하나를 약속 장소에 가지고 온 적이 있었다. 그때 당시에는 생소했던 물건이라 이리저리 구경하면서 사진 몇 장을 찍어 봤다. 지금보다 필름 값이 한참 더 저렴할 때라 친구도 부담 없이 사진을 찍어보라고 말했다. 그렇게 한참 카메라를 가지고 노는데 갑자기 이런 이야기가 들려왔다.

"민서야, 며칠 빌려줄게.
가져가서 편하게 이것저것 찍어 봐."

친구랑 점심을 먹으려고 나갔던 자리에서 얼떨결에 필름 카메라를 가지고 집에 돌아오게 됐다. 그땐 지금보다 모든 게 더 불안정하고 충분하지 않은 시기였으나 다행히도 저렴했던 필름 값 덕분에 짧은 시간 동안 많은 사진을 찍을 수 있었다. 필름 몇 통을 들고 인화를 하러 가던 날이 아직도 기억에 남는다. 첫 인화라는 사실도 두근거렸지만, 가장 두근거렸던 건 인화를 기다리는 동안 사진이 어떻게 나올지를 생각하며 사진을 찍던 그 순간을 다시 회상할 수 있다는 거였다.

그날 이후로 한 가지 욕심이 생기기 시작했다. 나만의 필름 카메라를 갖는 것이었다. 그때부터 돈을 모으기 시작해서 얼마 지나지 않아 필름카메라 중에서 가장 저렴한 걸 하나 사게 됐다.

내 카메라가 생기자 평범했던 일상이 달라지기 시작했

다. 여행을 갈 때도 친구를 만나러 갈 때도 늘 카메라와 함께했다. 물론 이제는 처음 샀던 것보다 조금 더 좋은 것을 쓰고 있지만, 옛날부터 지금까지 변하지 않는 건 어디를 가든 항상 카메라를 가지고 나간다는 것과 만나는 사람마다 꼭 한 장씩 사진을 찍고 보내준다는 것이다. 원하는 것이 있으면 무엇이든 당장 할 수 있는 세상 속에서 '당장 확인하고 손에 넣고 보낼 수 없는 사진'을 찍는다는 것. 이만큼 매력적인 일이 또 있을까.

생각해보면 나는 사진에 대해서 남들보다 조금 더 민감했었다. 필름카메라뿐만 아니라 휴대폰 속 사진첩도 굳이 시간을 내어 처음부터 하나씩 다 보고는 했다. 몇 시간, 어떨 때는 며칠이 걸릴 만큼 시간이 오래 걸리는 일임에도 불구하고 사진첩을 처음부터 하나씩 다 보는 일이 잦았다.

살다 보면 그럴 때가 있지 않은가. 나 자신을 갑자기 잃어버리거나 내가 한 번에 사라지는 느낌이 아니라, 그저 점점 무뎌지면서 소멸해가는 것을 느낄 때가. 점점 사랑하는 사람들보다 일 때문에 만나는 사람들을 더 자주 만나게 되고 세상이라는 것에 반복적으로 부딪히면서 내가 조금씩 작아지는 듯한 느낌. 나는 그럴 때마다 늘 사진첩을 처음부터 한 번씩 봤었다. 그러고 보니 그럴 때마다 필름 카메라를 들고 사랑하는 사람들을 만나러 가기도 했었다.

풋풋한 사진 속의 내 모습. '그땐 그랬었지'라는 생각이 단숨에 떠오르는 사진들. 언제나 그대로인 친구들, 그때의 우리, 그때의 나. 가만히 옛날 사진을 바라보다 보면 그때로 돌아가고 싶다는 생각이 든다. 어렸고 약했고 사랑도 많고 욕구도 많던 시절. 그만큼 불안해서 누군가에게 의지하느라 바빴지만 애틋했던 시절. 어쩌면 나는 나를 잊지 않기 위해서 사진을 찍는 걸지도 모른다.

해주고 싶은 말

요즘은 누가 만들어놓은 플레이리스트를 찾아 듣기를 즐긴다. 특히 유튜브에 그런 플레이리스트가 많다. 내가 돈까지 지불해가면서 프리미엄 서비스를 이용하게 된 계기도 이 수많은 플레이리스트를 편하게 듣고 싶어서였다. 그만큼이나 진심이었다. 다들 이렇게 좋은 음악을 어떻게 아는 건지. 또 얼마나 감각이 좋으면 이렇게 절묘하게 비슷한 무드의 음악들을 모아 연결시켜둔 건지. 또 제목은 대체 어쩜 이렇게 잘 지었는지. 정말 나도 모르게 홀린 듯 클릭해서 듣고 있을 때가 많다.

오늘은 집에 오는 길이 유독 힘들었다. 시간도 애매하게 남아버려서 퇴근시간대의 지옥철에 타야 했고. 물론 그것만 힘들었던 건 아니고 나를 힘들게 하는 사람도 일도 많았다. 모든 걸 잊게 해줄 만큼 재밌는 동영상도 없었다. 갑자기 너무 무료하고 지루했다. 모든 게 다. 이것도 저것도 맘에 안 들어서 핸드폰을 든 손의 엄지손가락을 생각 없이 움직이다가 이런 제목의 플레이리스트를 발견했다.

'그냥… 네가 꼭 들었으면 하는 노래'

정말. 지금 내가 이런 건 또 어떻게 알고. 진짜 제목 잘 짓는다니까.

심지어 앞에다가 무심한 척 '그냥…'을 덧붙인 것도 맘에 들었다. 바로 재생버튼을 눌렀다. 첫 곡의 무드가 꽤 맘에 들어서 그때부터는 그냥 노래만 들었다. 핸드폰을 보지도 않았다. 지옥철이 갑자기 영화 속에 등장하는 것 마냥 무드 있게 느껴질 정도로 선곡이 좋았다.

근데 다들 나처럼 힘들었나 보다. 이 노래들로 위로를 받았다는 댓글이 많이 있었다. 이렇게 힘들게 사는 게 나뿐만은 아니라는 게 어쩌면 또 위로가 되는 것 같기도 했다. 영상에 달려있는 댓글들은 하나같이 사랑스러우면서도 안쓰러웠다. 그래서 쭉 읽었다. 남들 이야기를 듣는 것도 재밌으니까. 그렇게 이랬구나, 저랬구나 하면서 보는데,

'나 자신을 제일 사랑하고 싶다.'

댓글 하나가 이렇게 말하고 있는 게 보였다.

나도 모르게 멍해졌다. 댓글에 찍힌 좋아요 수가 꽤 많았다. 아마 그렇게 생각하는 사람들이 많은 모양이었다. 사실 나도 그랬으니까. 요 근래 내 모습이 맘에 들기는커녕 전부 별로였다. 내 생각처럼 따라와 주지 않는 내 몸뚱이와 끈기, 의지, 능력들이 너무 미웠다. 남 탓이나 하면 좀 맘이라도

편할 텐데 결국 내 잘못이었던 것 같다며 자책하는 내가 제일 초라하고 미워보였다.

그래서 그런가. '나를 사랑하고 싶다'라는 말에 마음이 좀 물렁물렁해져버렸다. 그런 생각을 하는 사람과 많은 이야기를 나누고 싶었다. 근데 그 사람이 누구인지 어디에 사는지 어떻게 지내는지 나는 모르니까. 또 그 사람이 너뿐만 아니라 내가, 우리가, 모두가 될 수도 있는 거니까.

만약 내가 어떤 노래들의 플레이리스트를 만든다면, 엄청나게 사랑스럽고 예쁘고 멋진 가사가 가득한 노래를 넣어두고 제목은 이렇게 짓고 싶다.

'지금도 충분히 멋있고 사랑스러운 너에게.'

“

그래서 궁금해. 너는 뭘 좋아해?

너는 스스로에게 무엇을 줬을 때 가장 기뻐하는 사람이야?

”

제 2 장

존재만으로
고마운 사람

오늘의 혼잣말

"참 웃기다."

우리가 남이 되어버린 지도 꽤 오래됐는데, 갑자기 앨범에서 추억이랍시고 네 사진이랑 동영상들을 보여주는 거야. 추천영상인가 그냥 알고리즘인가, 그게 뭐가 됐든 나는 모르겠다만, 정말 예전에 찍어놓은 것들이었어. 그러다 그랬어. 누가 보고 있는 것도 아닌데, 괜히 가슴이 찔려서 얼른 엄지손가락을 휙휙 움직여버리다가 그렇게, 문득 네 안부가 궁금해진 거야. 너를 그리워하게 됐다거나 보고 싶어졌다거나 그런 게 아니라, 그냥 네가 잘 살고 있나, 그게 갑자기 궁금해지더라.

우리는 어렸고 또 여렸고, 말 그대로 불타오르는 청춘이었기 때문에 많이 아팠잖아. 점점 어른이라는 숫자에 가까워지고 있는데, 슬쩍 봤던 사진과 영상 속에서 너는 그대로라서 기분이 좀 이상했어. 아직도 가끔 생각나거든. 한여름에 빛나던 머리카락 색깔이랑 기타를 치던 길고 고왔던 손가락. 일부러 멍청하게 웃던 웃음소리, 네 눈물의 냄새. 이제 와서 얘기해주자면 난 네 덕분에 여름이 참 예쁜 계절이라는 걸 알았거든. 여름을 끔찍이도 싫어하던 것과는 별개로, 넌 여름과 잘 어울리던 사람이었어.

근데 말이야. 생각해보면 지독할 때가 좋긴 했다. 그땐 네가 웃는 것만 봐도 눈물이 났고 네가 우는 걸 보면 가슴이 미어져서 내가 아는 온갖 단어를 다 가져다 편지를 써주곤 했는데. 어떻게든 이게 위로가 되기를, 내 마음이 전해지기를 빌면서.

우리는 매일 밤마다 울고 사랑을 하고 장문의 문자를 주고받으며 서로의 존재를 확인했잖아. 마치 네가 없어지면 죽어버리기라도 할 것마냥 무서웠고 지독했고 열정적이던 그때가 사실은 가끔 그립긴 해. 우울에 빠져서는 글도 아주 우울하고 외롭게 잘 썼을 것 같은데. 지금은 또 컸다고 그게 안 된다. 그렇게 다들 하나씩 익숙해지는 거겠지. 외로움에 익숙해지고 아픔에 대한 면역이 생겨버리고.

알고 있을까? 감기 같은 것들에 걸렸을 때, 아프면 아플수록 네가 원래 건강한 사람이라서 그런 거래. 너무 건강해서 세균이 들어오자마자 면역 반응이 활발하게 이루어지는 거거든. 빨리 그 나쁜 걸 쫓아내보려고 면역 세포들이 움직이느라 네가 아픈 거야.

그러니까 사실 우리는 그때 진짜 건강했던 게 아닐까? 정말, 제일 아프다고 생각했던 순간이 제일 괜찮은 순간이었던 건지도 몰라. 그렇게 점점 몸이 약해지고 면역이 떨어지면서 적당히 아프면 아픈가보다 힘들면 힘든가보다, 오늘은 좀 피곤하네, 집에 가고 싶다, 그러면서 살아가게 되는 거야. 그러니까 그때 우리 지독하게 아팠던 거, 그거, 생각해보면 제일 행복하게 아픔과 싸우던 시절이었던 거니까 자랑스럽게 여기자. 몸도 마음도 가장 건강할 때 우리는 함께했던 거야.

꽤 그립지 않아?

난 요새 여름이 참 괜찮은 계절 같아 보여. 간간히 떠오르는 작은 잔상들이 내 기억 속에 아름답게 남아 있거든. 너는 여름을 참 힘들어했잖아. 지금 딱 가장 더울 시기인데. 어디 걸어가다가 숨 막힌다고 아이처럼 주저앉아 있지는 않지? 안 그러겠지? 너도 조금은 더 어른이 되었을까? 뭐, 이제는 남이 되어버린 너지만, 잘 지내고 있기를 바라. 나에게 아름다운 계절을 가르쳐준 사람이니까.

언젠가 이 글을 보게 된다면 넌 그만큼 아름답고 멋진 사람이었다는 걸 알게 됐으면 해. 그렇게 자신 있게 살아가길 바라. 또 언젠가 오늘처럼 우연히 안부를 전해주고 전해줄 수 있기를. 잘 지내.

이렇게 작아도 외로운데

높은 건물이 많지 않은 곳에서 지내고 있다. 아니, 거의 건물 대부분이 1, 2층으로 이루어져 있다. 이곳은 시간이 아주 천천히 흘러가는 걸까. 도시는 자꾸만 변하던데. 분명 한여름인데도 이곳의 밤은 시원하다. 짠맛이 느껴질 것 같은 바람을 맞으며 걷는다. 그간 이 길을 걸은 사람이 별로 없었는지 보도블럭 사이사이에 끼어 자라난 풀들이 무성하다. 인적이 너무 드물어 무서운 기분마저 든다. 늘 그랬지. 자유로운 기분은 날 늘 무섭게 만든다.

서해와 남해 그 어딘가에 있는 이곳의 바다는 참 오묘하다. 또 하늘은 언제나 아름답다. 내일은 비가 오려는지 구름이 낮게 깔려 있다. 여기에 오고 나서부터는 하늘을 자주 본다. 어떤 날씨가 되었든지 하늘은 늘 예뻤다. 하늘이 이렇게 예뻤다는 걸 한동안 잊고 있었는데. 밤이라서 그런지 귓가를 스치는 바람소리만이 유일했다. 지나가는 고양이들은 소리를 내지 않았다.

답답했던 마음이 조금 누그러진다. 여유로운 마음이 깃든다. 사랑하는 사람들의 얼굴이 생각난다. 다들 잘 자고 있는지. 나는 잘 못 잔다. 아무도 없는 새벽에 나를 달래기 위해 걷고 있으니까. 안부를 물을까 하다가 밤이 깊었으니 다들 잘 자고 있겠지 싶어 핸드폰을 넣어둔다. 그리운 사람들의 모습을 혼자 그려본다. 손끝을 매만져본다.

저 바다는 저렇게 넓은데 외롭지 않을까.

아무것도 없는데 쓸쓸하지는 않을까.

나는 이렇게 작아도 외로운데.

모두가 보고 싶다.

자꾸만 너로 보인다

나는 지금 목포에 있다. 영화 촬영을 위해서 장장 한 달 정도를 이곳에서 머물러야 했다. 그중 벌써 일주일이나 흘렀다. 시간이 어떻게 가는지 모르겠다. 정신없이 촬영을 하고 집에 와서 씻고 잠을 자고 일어나면 또 촬영이다. 외롭다거나 슬프다거나, 그런 감정을 느낄 새도 없이 하루하루가 흘러간다. 오히려 다행인 것 같기도 하다.

이곳에서 한 달 정도를 지내야 한다고 얘기했더니 일주일 사이에 벌써 택배만 네다섯 번을 받았다. 친구들이 언니들이 또 예쁜 동생들이 혹여나 타지에서 내가 고생하지는 않을까, 놓친 것은 없을까 생각하고 고심해서 택배를 보내줬다. 생필품을 보내준 사람도 있고 내 건강을 걱정해 건강식품을 보내주기도 했다. 또 내가 갖고 싶다고 한 걸 여기까지 택배로 보내주기도 했다. 매일매일 모텔 카운터에 가지런히 놓여있는 택배들의 모습이, 왠지 자꾸만 내가 예뻐하는, 또 나를 예뻐하는 그 사람들로 보인다.

그것들을 볼 때마다 힘든 와중에도 마음이 따뜻해졌다. 우스갯소리로 사람들에게 '아유, 저 친구 그렇게 많이 없어요. 저도 아싸에요. 아싸.' 하고 말했던 나인데. 사실 내 주위엔 이렇게나 마음 따듯하고 좋은 친구가 많다. 너무 오랜만에 연락해오는 친구들도 내가 이곳에 있다는 걸 알고는 뭐라도 해주려고 하니까.

가끔은 내 친구들이 나에게 큰 원동력이 되어준다. 천성이 부정적인 내게 다시금 이곳에서 열심히 살아갈 이유를 만들어준다. 더 잘되고 돈도 많이 벌어서, 두 배로, 아니 열 배로 갚아주고 싶다. 나는 지금 내 친구들이 얼마나 힘들게 삶을 살아가는지 너무도 잘 알고 있으니까.

작지만 큰 택배들이 무엇보다도 따뜻하게 다가온다. 물건들을 껴안으면 꼭 그 예쁜 사람들을 껴안는 것만 같다. 오늘은 따뜻하게 잘 수 있겠다. 푹 자고 일어나서 내일을 열심히 살아야지. 내가 너희들에게 더 큰 힘이 되어주려면 말이야.

존재만으로 고마운 사람

원래 대리운전 기사님을 부르는 걸 그다지 좋아하지 않는다. 부득이하게 몇 번 대리운전을 부른 적이 있었는데, 여러모로 불편해서 편하게 쉬지 못한다거나 또 어디에 앉아야 할지 모르겠다거나, 언제 한 번은 내게 돈을 조금 더 요구하는 경우도 있었다. 차별을 가지고 생각하고 싶어서 그러는 게 아니라, 내가 여자라서 어쩔 수 없이 좀 무서울 때도 있었다.

어제는 친한 언니의 생일이었다. 소소한 선물과 편지를 가지고 언니네 집에 갔다. 온 김에 와인이나 한잔 마시자더군. 차도 있고 해서 와인은 좀 무리일 거 같다고 한 번 거절했지만, 언니는 대리를 불러준다고, 좀만 있다가 가라고 재차 말했다. 그래, 생일인 사람을 또 어떻게 기어코 두고 가겠어. 두 번 거절은 예의가 아닌 것 같아서 도로 자리에 앉았다. 한두 잔 마시고 가겠다고 했지만, 결국 한 잔이 두 잔이 되고, 두 잔이 네 잔이 되고.

그래서 대리 기사님을 불렀다. 언니가 뒷좌석에 앉아 편하게 가라고 했지만 괜히 그게 더 불편해서 조수석에 앉아 집으로 출발했다. 기사님은 운전을 아주 부드럽게 하셨다.

나만 그런 건지는 모르겠지만, 이상하게 처음 보는 사람 앞에서 오히려 말이 더 많아진다. 아껴두었던 비밀도 스스럼없이 말하게 돼버린다. 한 번 보고 말 사이라는 것을 서로가 더 잘 알고 있어서 그런 걸까. 내 말투와 표현이 풍부해 보여 멋있다던 기사님의 말씀에 기분이 좋아져서 신나게 수다를 떨었다. 그렇게 이런 얘기 저런 얘기 나누다 보니, 빠질 수 없는 딸 자랑이 시작된 거다.

기사님의 따님은 22살, 예쁜 외동이라고 하셨다. 또 애교도 많고 당돌하시다고. 낚시를 좋아해서 주말엔 가족끼리 여행을 다니신다고. 용돈이 필요하면 아빠 지갑에서 당당하게 현금을 꺼내간단다. 기사님이 돈 없어서 안 된다고 해도 아빠는 돈 잘 버니까 괜찮다고 가져가버린단다. 그게 또 너무 귀여워서 그냥 웃고 넘어가는 거지. 기사님은 그래도 그의 딸이 아직도 제 눈에는 너무 애기 같고 귀엽기만 하시단다. 다툼도 없고 말도 잘 듣고 가족들의 사이가 좋아 보이기에 괜히 '부러워요, 사이가 참 좋아보이세요.' 하며 그들을 칭찬했다.

기사님이 눈을 동그랗게 뜨시며 내게 '손님도 사이가 정말 좋으실 것 같은데요. 말씀하시는 거 들어보면 부모님이 엄청 좋아하실 것 같아요.' 하신다. 내가 손사래를 치며 '저는 엄마 아빠랑 엄청 싸워요. 제가 성격이 아주 괴팍하거든요. 엄마 아빠는 힘드실 거예요.' 하며 웃었다.

그러자 기사님이 편안하게 웃으며 이렇게 말씀하시는 거다.

"괜찮아요. 뭘 해도 자식은 존재만으로 고맙거든요."

그 순간 왜 그렇게도 눈물이 날 것만 같았던 건지. 우리 아빠도 어디 가서 딸 때문에 힘들지 않냐 물으면 저렇게 말했을까. 나는 자식이 없어서 그 기분을 잘 모르겠다고, 웃으며 대답하곤 고개를 돌렸다. 기사님은 자식이 생기면 뭐든 다 괜찮아진다고, 뭘 해도 예쁘고 기특하고 다 괜찮아진다고 말했다.

존재만으로 고마운 사람이었던 거다, 나는. 예전에도 지금도 그리고 먼 미래에도. 내가 엄마 아빠의 자식으로 살아 숨쉬는 동안에는 늘 존재만으로 고마운 사람인 거다. 어떤 상황이 어떤 사람이 언젠가 나를 힘들게 하고 고달프게 할지라도 나는 누군가에겐 존재하는 것만으로도 힘이 나는 사람이라는 걸 잊지 말아야겠다.

그럴 걸 그랬다

머리에 왁스 발라달라고 할 때 좀 발라줄 걸 그랬다. 밥 같이 먹자고 하면 그럴까 대답하는 건 둘째 치더라도, 수저라도 그냥 놓아둘 걸 그랬다. 가끔 심심하다는 말과 함께 내 방을 기웃거리면 그냥 웃으면서 왜? 하고 물어나 볼 걸 그랬다. 왜 그 자잘한 것들을 단 하나도 못해서 후회하고 있나. 그게 뭐 어려운 것들이라고 이렇게 슬퍼하고 있을까.

아빠라는 사람은 볼 때마다 가장 슬퍼 보이고

가장 미워 보인다.

그리고 이내 가장 사랑스러워 보인다.

그때 미안하다고 말할 걸 그랬다.

사랑한다고 말할 걸 그랬다.

언니

가깝지만 멀었던, 가끔 서로 안부를 물었던 그녀가 죽었어요. 나는 얼마간을 내내 멍하게 있었던 것 같아요. 고작 나랑 네댓 살 정도 차이 나는 사람이었는데. 여전히 청춘이고 어리고 젊은 사람인데. 근사한 웃음을 가진 사람이었는데. 근데 이제 그녀가 여기에 없다는 거예요. 나와 같은 시간을 지내고 있지 않다는 거예요. 그녀의 시간은 내 것보다

세 배쯤은 더 빨랐던 걸까요. 얼마 남지 않은 시간 속에서 하루하루가 얼마나 소중했을까요. 나는 그 소중함을 아직 하나도 알 수 없어요.

어제의 내 하루는 엉망진창이었어요. 늦게 일어나서 느긋하게 씻고 나와 친구를 만나고 술을 마셨는데요. 홍청망청 시간을 썼는데요. 그 시간에 그녀는 본인의 인생 마지막 시간을 보내고 있었던 거예요. 나는 당연하게도 오늘도 내일도 흘러갈 거고 일주일 뒤에도 살아 숨 쉴 수 있을 거라고, 무의식중에 생각하고 있었는데. 그러니까 오늘은 대충 이렇게 보내도 괜찮다고, 그렇게 생각하고 있었는데.

죽은 그녀는 다시 돌아오지 않을 거예요. 주위의 모든 것들은 또 흘러가겠죠. 각자가 지니고 있는 시간은 대체 얼마만큼일까요. 이제는 멈춘 그녀의 시간은 왜 그렇게 짧았을까요. 어제처럼 무료하고 별거 없는 내 하루를, 내 하루의 시간을 몽땅 그녀에게 줄 수 있었다면 얼마나 좋았을까요. 나의 오늘이 이렇게 보잘것 없는데. 왜 내게 주어진 시간은 평범해서 나를 힘들게 하는 걸까요.

예전에 한번. 내가 당신 몫까지 다 아플 테니 건강해졌으면 좋겠다고 말한 적이 있었죠. 그랬더니 당신은 나한테 그러지 않아도 된다고 말했어요. 내게 무언가 주지 않아도 괜찮으니 그저 오늘을 잘 지내보자고. 그건, 그 시간은 나의 몫이라고. 그게 나는 얼마나 슬펐는지. 그녀가 감당해내는 것들이 너무 무겁고 힘겨울지 상상조차 할 수 없는데. 이미 담담하게 받아들여버린 그녀가 너무 속상해서 난 슬펐어요.

언니. 언니라고 불러보는 것도 처음이에요. 언니 말대로 나는 내 몫의 시간을 살아보려고 해요. 난 슬픔을 슬픔대로 놔두고 가요. 어쩌면 당신에게는 마지막이라 너무 소중했던 어제를 나는 가볍게 여겨버렸거든요. 그래서 오늘은 뭘 하든 내가 소중하고 좋아하는 것으로 채울 거예요. 언니 생각은 잊지 않아요.

내게 삶의 소중함을 다시 일깨워줘서 고마워요.
난 앞으로 조금 더 열심히 살아볼게요.
거기선 이제 아프지 말아요.

우리의 계절

음, 딱 좋은 계절. 좋아하는 반팔 위에 가벼운 긴 옷을 걸쳐 입을 수 있는 계절이 왔다. 지독한 사랑들이 머물던 여름은 또 가는구나. 그렇게 계절이 지나가는구나. 가면 갈수록 시간은 왜 이렇게도 빠른지. 나는 아직 철없던 그 시절에 머물고 싶은데, 올해는 결국 작년이 되겠지. 굳이 그리워하지도 아파하지도 않을 내 지독한 만남들은 작년이 되고 재작년이 되어 머물겠구나. 두고 떠나는 난 또 긴 소매에 얼굴을 묻으며 가을을 알겠지. 머물렀던 사람도 가을을 알까? 그 사람은 평생 여름에 살고 있는데. 그 사람도 이제 여름은 두고 가을로 왔으면 좋겠다. 다시 오지 않을 그때를 놓았으면 좋겠다. 그렇게 우리 딱 좋은 계절을 맞이하자. 이제 앞으로 백 번도 채 남지 않은 이 순간을.

생일

며칠 전은 내 생일이었다.

솔직히 말하자면, 나는 생일만 되면 그다지 기분이 좋지 않았다. 내 생일은 늘 기대와는 다르게 흘러갔었으니까. 그도 그럴 게 나는 줄곧 쓸데없는 몽상가였고 자존심도 무지 셌기 때문인데, 기대라는 기대는 다 하면서 항상 머릿속에

원하는 생일의 장면들을 그려대면서도, 그런 걸 꿈꾼다고 그 누구에게도 말하지 않았던 것이다. 내 진짜 마음을 쉽게 얘기하면 내가 가루가 되어 버린다거나 부서져버린다거나 하는 것도 아닐 텐데, 왜 그렇게 내 진심을 입 밖으로 꺼내지 못했던 건지. 나도 모르겠다.

그래서 그랬다. 그래서 생일마다 기분이 좋지 않았던 거였다. 일 년 중에 내 생일이 가장 기대되는 하루라는 걸, 그 누구에게도 말하지 못했다. 또 기대는 무진장 하면서도 말이다. 좀 바보 같지만.

혼자 상상의 나래를 많이 펼쳤다. 재는 나한테 소중한 친구니까 이렇게 해주겠지? 너는 나를 사랑하니까 서프라이즈 이벤트 같은 걸 준비하지는 않았을까? 오늘밤에 밥 먹자고 연락이 오지는 않을까? 맥주 마시자고 할 수 있으니까 차는 가지고 가면 안 되겠다. 그렇게 말이다.

늘 그런 생각들을 하면서 생일을 맞이했던 것 같다. 말도 안 되는 기대를 한껏 품고는. 그러다보면 당연히 실망도 컸다. 열두 시가 넘었는데 왜 얘한테 연락이 안 오지? 나를 사랑하지 않나? 별로 내가 소중한 사람이 아닌가? 그래서 매번 4월 8일 밤 11시 59분만 되면, 핸드폰을 붙잡고 불안해했던 것 같다. 기대하고, 기대한 만큼 실망하고, 그렇게.

그렇게 스물 몇 번의 생일을 흘려보내다 보니 깨닫게 된 게 있다. 아, 내가 스스로 자존심을 세워가며 그 누구에게도 나 다음 주에 하루만 시간 내줘. 나 내일 생일이야. 이렇게 쉽게 말한 적이 없구나. 마음으로 바라기만 했을 뿐, 생일에 누군가 함께해줬으면 좋겠다고 얘기한 적이 없구나. 사람들이 정말 내 생일을 몰라서 함께해주지 못했던 건지도 모르겠구나.

올해는 누구보다 행복한 생일을 보냈다.

처음으로 친구들에게 생일날 함께하고 싶다고 말했으니까. 그깟 자존심이 뭐라고 말을 안 했을까 생각될 만큼, 정말 많은 사람이 축하해줬다. 사실 이 사람들은 원래부터 늘 나에게 마음을 써주고 나를 사랑해주고 있었던 거 아닐까. 너무 큰 기대 탓에 내가 그동안 이 사람들의 마음까지 작다고 생각하고 있었던 건 아닐까. 쓸데없이 세운 자존심에 가려진 소중한 마음들을 놓치고 있었던 건 아닐까.

앞으로도 생일은 매년 찾아올 것이다.

사람들에게 축하를 많이 받을 때도 있을 거고 또 어쩌면 조용히 넘어가버리는 날도 있겠지만, 이제는 그런 거에 연연하지 않고 살아갈 수 있을 거 같다. 나를 사랑하고 소중하게 생각해주는 내 사람들은 언제나 늘 조용히 곁에서 나를 응원하고 있으니까.

함께해주고 있으니까.

사랑해주고 있으니까.

명품가방

새해 목표가 생겼다.

바로 명품가방을 사는 것. 사치스러운 일이 아닐까 고민도 정말 많이 했지만, 결국은 투자할 가치가 있는 소비라는 결론을 내렸다.

사실 그간은 매번 머나먼 목표만 가지고 있었다.

언젠가는 집을 산다든지, 자동차는 꼭 그려왔던 모 외국 브랜드의 SUV를 타고 싶다든지, 서른이 되기 전에는 언젠가 유럽에 가보겠다, 자취를 해보고 싶다 등등. 구체적인 계획도 없고, 그저 '머나먼 미래에 이뤄지면 좋겠다!' 정도의 목표나 꿈들. 단지 그런 것만 몇 개쯤 있었다.

그 목표들은 당연히 일주일, 또 한 달, 그리고 일 년 만에 이루어지기는 힘든 일이었다. 꽤나 장기적이고 엄청난 노력뿐 아니라 시간이 필요한 일들이었으니까. 그러다 보니, 어쩌면 당연히도, 나는 저 위의 목표들을 단 하나도 이루지 못하고 있다. 허무하기만 허무했고 무슨 일을 하거나 소비를 할 때도 성취감 같은 것을 느껴보지도 못했다. 늘 불안하기만 했다. 내가 이런 거 사도 되나, 조금 더 나은 미래를 위해서 아껴야 하는 거 아닐까. 괜히 돈을 쓸 때마다 오는 그 알 수 없는 죄책감들.

나는 시간이 지날수록 무기력해졌다. 이루어진 것도 이루어낸 것도 없이 그저 오늘을 살고 내일을 걱정할 뿐이었다. 이유도 목적도 없이 열심히 일했다. 밤만 되면 찾아오는 허탈감은 애써 무시하며 새로 찾아온 다음날에도 일했다.

반면 나는 내 가족과 친구들에게는 한없이 관대했는데, 그 사람들이 갖고 싶다고 하는 것, 먹고 싶다고 하는 것이 있으면 다 사주곤 했다. 그게 내가 행복한 일이라고, 나는 그럴 수 없지만 너는 그래도 된다며 합리화를 했다. 애써 웃으며 괜찮다고만 했다.

그렇게 지내다보니 내 젊은 나날이 다 지나가버리고 있는 것이다. 그래서 작년과 비교해봤을 때 달라진 게 있나? 없다. 그럼 재작년과 비교해보면? 그것도 아니다. 그냥 내 생김새나 삶의 가치관 정도가 달라졌을 뿐. 전부 그대로였다. 달라진 게 없다. 시간만, 그저 세월만 흘러버린 것.

이렇게는 안 되겠다고 생각했다.

내 사람들을 소중하게 생각하는 것만큼 나도 사랑해야겠다고. 대리만족은 만족이 아니라고. 나도 행복하고 싶다고. 나 자신을 위해 살고 싶다고, 죄책감 같은 건 느끼고 싶지 않다고.

우선 나부터 다시 채워야겠다고 다짐했다. 내 마음부터 어떤 것으로든 채울 필요가 있었다. 우선 좋아하는 맛집에 가서 먹고 싶은 것을 잔뜩 먹고, 평소 눈 여겨봤던 아주 작지만 예쁜 액세서리도 샀다. 예쁜 카페에 가서, 누구는 이걸 하늘 멍이라고 하던데, 불멍이나 물멍처럼. 하늘만 바라보며 시간을 보내기도 했다.

소비뿐 아니라 내가 할 수 있는 것. 또 새롭게 배우거나 시도해 볼 수 있는 것. 해보고 싶었던 것 등등 정리해서 가까운 것부터 실행했다. 처음엔 이 계획적인 일들이 낯설고 힘들었지만 결국 이 시간들도 언젠가 내 것이 될 테니까. 조금은 가볍게 생각하려고 애썼다.

그렇게 지내다보니 나의 오늘이 조금 더 충만해진 느낌이 들었다. 그러다 문득 생각하게 된 것이다. 늘 사치라고, 그건 필요 없다고, 가치가 없는 일이라고 말로만 밀어내며 맘속으로는 남겨두었던 명품가방을 사야겠다고. 올해 안에 꼭 열심히 일 해서 나를 위한 선물을 사줘야겠다고. 그건 올해의 목표로 정한 거니까, 내가 명품가방을 사게 된다면 1년이라는 시간을 아주 허투루 쓴 건 아닐 거라고.

어쩌면 또 살 수 있을 여건이 되었을 때쯤엔 많은 생각과 고민 때문에 못 사게 될 수도 있다. 하지만 그때의 나는, 최소한 분명 나 스스로를 위해 조금 더 노력할 줄 아는 사람이 되어 있을 테니까. 그건 확실할 테니까.

명품가방 2

어쩌면 나만 실감하지 못하고 있는 것 같기도 하지만, 나도 모르는 사이에 절대 되지 않을 거라고 생각했던 나이들을 경험하고 있다. 친구들도 다 졸업하거나 취업을 했고, 몇몇은 결혼까지 했으니까……. 나는 그렇게 나이가 들어가는 나를 보면서, 그리고 친구들을 보면서, 올해에는 꼭 명품가방을 사야겠다고 마음먹었다. 전에도 얘기했듯 내 올해의 목표는 줄곧 명품 가방을 사는 것이었다. 아닌 게 아니라 결혼식장이나 모임에 갈 때마다 나도 모르게 점점 사람들의 눈을 의식하고 있었다. 물론 다른 이유로, 나를 좀 더 사랑해주고 싶다는 이유에서 사려던 게 더 컸지만.

2021년의 절반, 아니, 거의 삼 분의 이가 지났다. 지금이 8월 말이니까 4개월만 더 있으면 2022년이다. 아주 대차게, 올해는 꼭 명품 가방을 사겠다고 떵떵거렸는데 이제는 그 올해가 얼마 남지 않았다. 젠장.

오늘은 어쩌다 여주 아울렛에 들를 일이 있었다. 내 것이 아니라 친구 생일선물을 사는 게 목적이었다. 그리고 나는 그냥 온 김에, 아울렛은 좀 싸지 않을까, 구경이나 해볼까 하고 평소 관심 있게 보던 브랜드들을 둘러봤다. 예전에 가봤던 아울렛보다 더 크고 물건이 많은 것 같았다. 사심을 가득 채우면서 가방을 골랐다. 이것도 예쁘고 저것도 예쁘고. 예쁘면 예쁠수록 비쌌지만. 눈물을 훔치며 마지막으로 한 매장에 들어갔다.

버건디색의 예쁜 크로스백이 눈에 들어왔다. 가격은 대충 250만 원쯤. 지금까지 봤던 가방들보다 가장 맘에 들었다. 크기도 재질도 모양도 감성도. 조금 고민해본다 하고 밖에 나와 인터넷 최저가를 검색해봤다. 그냥 살까 하다가도 엄청난 숫자에 기가 팍 죽어버렸다. 한 시간을 서성거렸을까, 여덟 시 반, 매장 종료 시간 10분을 앞두고 그 가방을 사버렸다.

심지어 할부가 12개월이나 된다기에 6개월로 해달라고 했다. 그러면 대충 한 달에 40만 원 정도 내면 된다. 그래. 나도 한 달에 40만 원을 낼 수 있는 정도의 어른 정도는 돼버린 거다. 다행히 손은 안 떨었다. 가방을 관리하는 방법까지 전달받고 결제를 마치고 쇼핑백을 품에 안았을 때, 돈 걱정으로 벌벌 떨던 마음은 온데간데없어져 버렸다. 행복함과 성취감, 만족감, 짜릿함이 나를 감싸 안았다. 너무 기분이 좋아서 웃음이 계속 났다.

결국 난 올해의 목표를 이뤄냈다. 누군가에게는 고작 한 달에 40만 원일지라도 나에겐 엄청난 숫자였다. 스스로 한 달에 40만 원어치까지 도달한 내가 너무 자랑스럽다. 단 한 번도 한 해의 목표를 이뤄본 적이 없었는데. 이제야 처음으로 뭔가를 이뤄낸 거다. 앞으로 어떤 새로운 목표를 갖게 될지는 모르겠다. 그래도 그게 뭐가 됐든 이제는 더 잘할 수 있을 것 같다. 어떤 목표가 되었든 또 이루기 위해 열심히 살 수 있을 것 같다. 그저 열망의 대상이었던 것이 정말 내 것이 되었을 때 느낄 수 있는 행복이 이런 맛이었구나. 달콤하다.

살다 보면 여러 기쁨을 알게 됐다. 배우는 기쁨과 주는 기쁨, 아름다운 것들을 누리는 기쁨들. 그리고 요즘 나는 갖는 기쁨 역시 있었다는 걸 천천히 알아가고 있다. 물론 뒤에서 또 옆에서 누군가를 챙겨주는 것 역시 더없이 기쁜 일이라는 걸 알지만, 이제 가끔씩은 무언가를 갖는 기쁨 역시 느끼면서 살아가고 싶다. 그게 얼마나 비싸든 또 소소한 것이든, 나를 먼저 생각하고 내게 선물해주는 일은, 나라는 사람에게 이 세상에서 더 가치 있게 살아가도 된다고 말해주는 일이 될 테니까.

서울 오랜만

한강, 높은 건물, 매연, 시끄러운 새벽
야경이 이렇게나 아름다운 도시였다니.
반짝거리는 수많은 빛
무수히 자라난 가로수
시끄러운 매미 소리
익숙해서 잊고 살고 있던 서울

이곳의 아름다움이야

늦은 새벽

늘 피곤함에 땅만 보고 걸었던 서울

이렇게나 아름다웠구나

멀어졌기에 또 잊고 살았기에

다시금 깨달아버린 소중함

익숙함에 소중한 것을 잃지 말아야겠다고 했는데

감사하고 또 감사하며 살아야지

솔직함과 무례함 사이

요즘은 사람들을 만날 때마다 속 깊은 이야기하기를 즐긴다. 오늘 낮에도 반가운 얼굴들을 만나 점심을 먹으며 이런저런 이야기를 했다. 그때 누군가가 이런 질문을 던져왔다.

"이렇게 살고 싶다 하고 생각해본 적 있어?"

"그럼 이렇게만큼은 살고 싶지 않아, 했던 적은?"

그 질문을 들은 다른 한 명이 기다렸다는 듯이 대답했다. 음, 나는 내가 내린 선택에 절대로 후회하지 않는 삶을 살고 싶어. 그러니까 두 번째 질문에 관한 답은, 자연스레 '지나간 일들을 너무 오래 붙잡고 되새기거나 후회하는 삶'이 되겠지? 그렇게는 살고 싶지 않아. 나와 그곳에 있는 사람들은 각자 고개를 끄덕이거나 그 대답을 자신의 지난 삶에 덧씌워보느라 한동안 눈을 이리저리 굴리고 한숨을 쉬기도 했다. 그러다 생각했다. 이 친구는 후회를 하고 안 하고를 굉장히 중요하게 생각하는구나. 그럼 나는 어떤 태도를 중요하다고 생각하며 살고 있을까?

모두가 그렇듯, 내게도 당연히 가치 있다고 여기는 태도들이 몇 가지쯤은 있다. 다정할 것, 관계에서든 삶에서든 꾸준할 것, 아름다운 것들을 어떻게든 기록해둘 것, 그런 것들. 그리고 지금부터 이야기할 나머지 하나가 바로 '솔직할 것'이다.

솔직한 게 좋다. 편치 않은 마음을 담아두지 않고 그때그때 비워두는 것, 그리고 좋은 마음을 더 투명하고 맑게 그 사람 앞에서 내비치는 것이 좋다. 그러다 보면 취향도 나라는 사람의 존재 자체도 조금씩 더 분명해지는 느낌이랄까.

그렇게 가치 있다고 여기는 태도들이 있지만, 반대로 너무나도 싫어하는 태도들도 물론 있다. 지금도 머릿속에 여러 기분 나쁜 것들이 두둥실 떠오르기 시작하지만, 내 마음 건강을 위해, 그리고 지금 내가 하고자 하는 이야기를 위해서 딱 하나만 골라서 말하려고 한다. 바로 '무례함'이다. 그동안 받아온 수많은 무시와 상처들 때문에, 나는 거의 병적으로 무례한 언행과 무례한 사람들을 싫어한다.

어쩌면 누군가는 이렇게 물어올 수도 있다. '그런데 솔직함이랑 무례함이랑 비슷한 거 아니에요? 그걸 어떻게 구분지어야 하는 거지?' 음, 한때는 나 역시 그를 말로 잘 설명할 수가 없어서 곤란스러웠던 적이 한두 번이 아니었지만, 이제는 솔직함과 무례함의 차이점을 명확히 설명할 수 있게 됐다.

자신의 감정 앞에서 솔직한 사람들이 있다. 지금의 상황이 싫다, 그건 먹고 싶지 않다, 그곳엔 가고 싶지 않다, 그렇게 조금의 용기는 필요하지만, 자신의 좋고 싫음을 확실하게 말할 줄 아는 사람들. 나는 늘 그런 사람들을 좋아했다. 물론 그러기가 쉽지는 않았지만, 나 역시 남들에게 그런 사람으로 보이길 바랐다. 타인에게 무해한 선에서 자신을 아낄 줄 아는 멋진 사람 말이다.

하지만 거기에서 선을 넘으면 문제가 생기기 시작했다. C라는 사람과 대화를 나눴을 때의 일이다. 우리는 각자가 재밌게 본 영화 이야기를 하고 있었다. 그는 내가 본 적 없는 영화에 관해서 말했다. 내용만 들었을 때는 그다지 흥미가 가지 않았지만, 워낙 신나서 말하길래 '그렇구나, 나도 한번 찾아봐야겠네!' 하고 대답했다. 그리고 이번엔 내가 C에게 재밌게 본 작품에 대해서 말하기 시작하는데, 갑자기 C가 불쑥 이렇게 말하는 것이다.

"그게 재밌어? 나는 사람들이 왜 좋아하는지 모르겠더라. 유치하고."

나는 그 이후로 그와는 좋은 것을 나누지도, 힘든 것을 공유하지도 않게 됐다.

또 한 번은 그런 적도 있었다. 한때 만나던 사람, 그리고 그의 가족분들과 어쩌다 함께한 식사 자리에서였다. 이런 저런 것들에 관해 대화하다 평양냉면 이야기가 나왔다. 나는 워낙 그걸 좋아하는 사람이었기에, 전보다도 훨씬 더 신난 표정과 말투로 평양냉면에 대해 떠들기 시작했다. 그 가게 냉면은 어떤 맛이 나는 게 특징이고, 저 가게는 냉면에 뭐를 곁들이는 게 좋고…. 그런데 그들은 그게 아니었나 보다. 나와는 다르게 평양냉면을 싫어하셨던 거다. 그래, 뭐, 사람들 사이에서도 호불호가 갈리는 음식이기도 하고, 싫어하실 수도 있지. 나 역시 싫다는 것을 계속 강요하려는 마음은 없었기에 큰 상관은 없었다. 하지만 문제가 됐던 건 그들의 말하기 방식이었다.

"맛없던데. 좀 걸레 빤 물 냄새 같은 게 나는 것 같기도 하고. 닝닝하고."

온종일 기분이 좋았었는데. 그 말을 듣는 순간부터는 어찌나 그렇게 서러워지기 시작하던지. '나는 무슨 맛인지 아직은 모르겠더라' 정도에서 멈춰도 좋았을 텐데. 나를 한순간에 걸레 빤 물 같은 것을 좋아하는 사람으로 만들어버린 거다. 결국 나는 울음을 꾹꾹 참다가, 그 사람과 단둘이 있게 됐을 때 서러워하며 쏘아붙였다. 왜 그렇게까지 말해야 했냐고. 그분들도 그분들인데 당신까지 그렇게 말하면 난 뭐가 되냐고. 하지만 돌아온 대답은 나를 한 번 더 아프게 했다. '그냥 싫으니까, 싫어하는 걸 싫어한다고 말하면 안 돼?'라는 대답이었다. 결국 그 사람과 나는 오래 함께일 수 없었고, 그 사람을 향해서는 시간이 지난 지금까지도 한 번을 그립다거나 애틋하다거나 하는 감정을 느끼지 않고 있다.

자신의 좋고 싫음, 편함과 불편함에 대해 소신껏 말하는 것과 '솔직하게'라는 말과 함께 상대방의 얘기를 무시해버리는 것은 분명히 다르다. 요즘의 몇몇 사람들은 그걸 잘 구분하지 못하는 것 같다. 어쩌면 구분하지 않으려 하는 것 같기도 하고. 상대방이 언짢아하고 무례하다고 느낄 수 있을 말과 행동을 마치 한 세대의 표현방식이나 당당함으로 포장

하곤 하는 것이다.

한때는 언제나, 그리고 무엇이든 솔직하게 얘기할 수 있는 사람이 되길 바랐던 때가 있었다. 마음은 그런데 내 입과 몸은 잘 따라주지 않아서 많이 답답해하기도 했었다. 하지만 요즘은, 적당히 삭힐 수 있고 또 적당히 솔직할 수 있는 지금의 나도 좋은 것 같다. 인상 찌푸리지 않고 얼굴도 붉히지 않고, 덜 속상해할 수 있는 게 오히려 낫다고 생각하게 된 거다.

솔직함이라는 말이 더는 무기로 쓰이지 않았으면 좋겠다.

당신은 어제 돌아가셨습니다

"상황은 대충 알고 계시겠지만,
당신은 어제 돌아가셨습니다. 조의를 표합니다."

분명 우리말로 쓰인, 읽을 수 있는 글자들이지만, 가만히 읽어보면 한마디 말이 이만큼이나 어색하게 읽힐 수가 있나 싶다. 상식적인 선에서 생각하면 죽은 사람은 듣지 못하는 게 당연한 건데, 과연 이 말은 누가 누구에게 하는 말인 걸까. 바로 고레에다 히로카즈 감독의 1998년 초기작, <원더풀 라이프>의 대사이다.

작품은 죽은 사람들의 기억을 다룬다. 죽은 사람들이 천국으로 가기 전에 머무는 중간역인 '림보'라는 곳, 세상을 떠난 사람들은 그곳에서 일주일을 머물면서, 사흘 안에 인생에서 가장 소중한 기억 하나를 골라야 한다. 림보의 직원들은 그 추억을 짧은 영화로 만들어 그들이 그 기억을 오롯이 갖고 저승으로 갈 수 있도록 돕는다. 그곳에서 누구는 젊은 날 열정적인 사랑을 나눴던 장면을 선택하고, 다른 누구는 기분 좋은 바람을 온몸으로 맞았던 순간을 고른다. 좋아하는 아이가 저 멀리에서부터 걸어오는 소리를 들었던 순간을 말하는 청년도 있었다.

영화를 보다가 문득, 스스로에게도 한번 물어봤다. 내가 불의의 사고로 이렇게 젊은 나이에 생을 마감해야 한다면, 그리고 단 하나의 기억만을 갖고 떠날 수 있다면, 나는 과연 어떤 기억을 선택할까. 어떤 기억을 가져가야 아무 미련도 없이 떠날 수 있을까.

아무리 생각해도 뭐가 없었다. 아무리 남들보다 자주 우울을 탄다고 하더라도 그게 아예 행복한 적이 없었다는 말이 되는 건 아닐 텐데. 왜 그렇게도 가져가고 싶은 기억 하나를 떠올리기가 어려운 건지.

아마 나를 제외한 많은 이들은 한 치의 망설임도 없이 부모님이나 가족과 관련된 기억을 고를지도 모른다. 아무래도 그러니까. 애인도 친구들도 전부 소중하지만, 그래도 가족만큼이나 오래 가까웠고 또 오래 고맙고도 미안한 존재는 없을 테니까.

하지만 나는 오히려 그들에 관한 기억은 못 가져갈 것 같다고 생각했다. 장녀들은 그렇더라. 괜히 내가 다 챙겨줘야 할 것 같고, 조금이라도 더 앞장서서 효도해야 할 것 같고. 좀 안 그래도 될 것 같을 때도, 그러니까 친한 사람들을 만나 맛있는 것을 먹을 때도 그게 맛이 있으면 '우리 엄마 아빠도 먹었으면 좋았을 텐데'를 나도 모르는 새에 생각하고 있는 것이다. 집안에 싸늘한 공기가 맴돌면 그게 전부 내 탓인 것 같았고 아무리 좋은 것들을 준비해서 가져다 줘도 아직 한참 모자란 것 같은 기분은 도무지 가시질 않았다. 그래서 그런 거다. 부모님이나 가족에 관한 기억을 가져가면, 죽고 나서도 계속 그 끝을 알 수 없는 죄책감에 시달릴 것만 같아서. 누가 시킨 것도 아닌데 이렇게 돼버렸다. 죽어서만큼은 거기에서 벗어나고 싶다. 물론 죽지 않고 최대한 오래 또 건강하게 지내는 것이 나를 위해서도 가족들을 위해서도 좋다는 것은 당연하겠지만 말이다.

꼬리에 꼬리를 무는 생각 끝에, 나는 오히려 쓸데없는 기억을 가져가고 싶다는 결론을 내렸다. 이를테면 술에 취했던 기억 같은 것. 이태원에서 친구들과 클럽에 가서 놀았던 기억 같은 것들. 그런 허무맹랑한 기억들.

살다 보면 그런 농담 같은 장면들이 은근히 오래, 그리고 담백하게 반짝거릴 때가 많았다. 매일 보는 친구와 매일 먹던 것을 먹고 매일 마시던 커피를 마시는 순간이, 또 시시콜콜한 농담을 주고받으며 욕을 하거나 실소를 터뜨렸던 장면이, 그리고 별 좋은 날 산책을 하다가 콧노래를 불렀던 순간이, 구름의 틈새를 목격하는 것처럼, 건너편 건물의 거울을 보는 것처럼 그때그때 반짝거리곤 했다.

내가 맨 처음에 가져갈 기억 하나를 쉽게 고르지 못했던 건, 아무래도 행복엔 뭔가 커다랗고 많은 요소가 필요하다고 생각하고 있었기 때문이 아닐까 싶다. 세상에는 행복이라는 낱말만큼 거창한 것도 없어서 그 앞에서 나도 모르게 막연해질 수밖에 없었던 것이다. 또 사람들은 원래 행복했던 시절보다 불행했던 한때를 훨씬 더 오래 그리고 잘 기억하곤 하니까. 그래서 행복했던 순간들을 잘 기억해내지 못한 것도 있겠지. 언젠가의 여행의 순간도, 또 어느 날씨 좋았던 날도, 기분 좋게 웃을 수 있었던 누군가와의 식사 자리도, 따지고 보면 일일이 행복이라는 말이 참 잘 어울리는 장면들이었을 텐데 말이다.

앞으로도 거창하지 않게, 조금은 허무맹랑하게, 내가 즐겁고 행복할 수 있는 방향으로 살아가고 싶다. 그렇게 그 시시콜콜한 추억들을 많이 쌓아두었다가, 내 마지막 순간에 그것들을 떠올리며 푸하하 웃거나 그중 하나를 골라 가져갈 수 있도록. 부담 없이 웃으며 여행을 떠날 수 있도록.

“

사람들에게 축하를 많이 받을 때도 있을 거고
또 어쩌면 조용히 넘어가버리는 날도 있겠지만
이제는 그런 거에 연연하지 않고 살아갈 수 있을 거 같다.
나를 사랑하고 소중하게 생각해주는 내 사람들은
언제나 늘 조용히 곁에서 나를 응원하고 있으니까.

”

제 3 장

목련이 폈더라

길고양이

조그맣고 가엾고
내가 나쁜 사람이면 어쩌려고
그렇게 의심 없이 다가오니.

목련이 폈더라

오늘 집 앞에 나갔더니 목련이 폈더라. 어제까지만 해도 좀 쌀쌀해서 과연 언제 꽃이 필까 싶었는데, 정말 하루 만에 목련이 활짝 폈더라.

나는 목련이 좋아.

춥고 힘들어하는 와중이라서, 그 시간이 너무 길어서, 어쩌면 따뜻한 날이 올 거라고 생각지도 못하고 살다가 문득 깨달아버리거든. 피어나는 목련이 말해주거든.

겨울은 끝이야.
곧 따뜻한 계절이 돌아온다.
무너지지 않고 잘 버텼다.
이제 봄이다.

그래서 난 목련이 피는 걸 보면 기분이 좋아.
꽃이 피는 계절이 오면 내 추운 겨울도 이제 끝이니까.
내 앞날도 이제 조금씩 따뜻해질지도 모르니까.

오늘은 하늘도 맑더라.
너도 목련이 예쁘게 핀 걸 봤을까?

방

아주 어렸을 때는 내 방이 없었다. 그저 작고 소중한 집에서 다함께 지내는 것이 행복이었던 시절이었다. 청소년기에는 내 방이 있었다. 지금 생각해보면, 지금 다시 살아도 아주 호화롭고 멋지게 느껴질 넓고 쾌적한 방이었다. 매일 아침마다 햇볕이 멋있게 쏟아지던 방. 집의 가장 끝에 가장 조용히 있었던, 침대도 책상도 옷장도 자그마한 화장대도 전부 다 내 것이었던 방.

지금 내게는 내 방이 없다. 또 다시 작고 소중한 집에서 지내게 되었다. 집은 다시 작아졌는데 나도 동생도 너무 커 버렸다. 처음엔 이 집이 참 좁다고 느꼈는데, 갈수록 괜찮아지는 건 기분 탓일까 아니면 엄마 아빠가 작아지는 탓일까.

나는 점점 커다래진다. 내 짐도 많아진다. 작고 소중한 집에는 갖고 싶은 것도 즐기고 싶은 것도 많은 젊은 날의 내가 있다. 그리고 지금의 내 나이를 이미 아득하게 지난 엄마 아빠의 짐은 점점 줄어든다. 우리를 위해 작은 집을 위해, 하나씩 버려가고 있는 거다. 옛날엔 내가 엄마 옷을 빼앗아 입기에 바빴는데 이젠 엄마가 내 옷을 뺏어 입는다.

나는 다시 우리 가족에게 방이 생겼으면 좋겠다. 아직도 멋있고 꾸미기 좋아하는 부모님이 나에게 더 양보하지 않았으면 좋겠다. 좋아하고 행복한 일들을 즐겼으면 좋겠다. 나 때문에 식탁을 내주지 않아도 되고 옷장 한구석을 비워내지 않았으면 좋겠다.

방이 있는 사람들이 부럽다.

우리 엄마 아빠도 그렇겠지.

가족사진

우리 가족은 가족사진이 없다. 내가 한 서너 살쯤 찍었던 가족사진 말고는. 엄마 아빠에게 몇 번이고 가족사진을 찍어보는 건 어떨 것 같으냐 물었다. 계획하며 알아본 가족사진의 가격대는 생각보다 너무 비쌌다. 돈이 없는 사람들은 가족사진 한 장 남길 수 없는 걸까? 엄마 아빠는 점점 나이가 들어가시는데. 조금이라도 예쁘고 젊으실 때 남기고 싶은데. 이곳저곳 알아봤지만 기본적으로 몇십만 원이 들어가는 건 매한가지였다. 능력 없는 딸내미가 된 기분.

그때쯤 아빠가 내가 사는 동네 구청 같은 곳에서 지원해주는 가족사진이 있다기에 예약을 하고 가게 되었다. 촬영할 때까지만 해도 설레는 마음이었다. 아빠도 뭘 입을 거냐 물어보고 몇 시까지 가면 되니까 미리 일어나서 준비해서 가자, 머리는 이렇게 하자 저렇게 하자. 구체적인 이벤트의 내용까지는 모르는 채로 우선 싼 가격에 찍어준다기에 가족이 다함께 사진을 찍으러 갔다.

스튜디오는 밝고 깨끗했다. 우린 몰랐는데 컨셉 사진도 찍어주신다며 한복도 입을 수 있었다. 한복을 입은 엄마 아빠가 참 곱고 아름다웠다. 엄마 아빠 사진 찍는 거 몇 장 담아놓을까 했는데 사진관에서 계속 핸드폰으로 사진을 못 찍게 했다. 게다가 테이블에 올려놓고 다니는 게 불안해 휴대폰을 가지고 스튜디오에 들어오니 사람들이 쫓아오면서 가져가지 말라고 필요 없다고 그러는 것이다. 거기서부터 느낌이 좀 이상했다.

어쨌든 한 시간 정도 이래저래 사진들을 찍고 나서 상담실로 이동했다. 좀 기다려 달라 하시더니 오늘 우리 가족이 찍은 사족사진 중 예쁜 사진 몇 장을 골라 영상으로 보여주셨다. 그때까지만 해도 사진이 참 예쁘고 귀해서 웃으면서 봤다. 이 사진에 엄마 표정 너무 웃긴다, 이건 좀 자연스럽다, 동생 잘 나왔다, 칭찬을 해가며 사진을 다 보고 이제 액자 사진을 고르는데 다른 상품처럼 보이는 걸 추천하시더라. 100만 원이 훌쩍 넘어가는 가격에 조금 의아해서 그럼 저희 이벤트로 받는 건 뭐냐, 그랬더니 손 크기만한 액자에 사진 한 장 넣어서 주는 게 이벤트라는 것이다. 그럼 좀 큰 사이즈로 바꾸는 건 얼마냐고 물었더니 그건 15만 원을 추가하셔야 한다는 대답이 돌아왔다.

순간 벙쪄버렸다. 솔직히 그냥 당했다 싶었다. 잘 알아보지 않고 덜컥 예약한 아빠도 미웠고 또 한 번 더 물어보지 못한 내가 너무 바보 같았다. 집에 와서 보니 원본파일까지 다 주고 액자로 사진 만들어주는 게 10에서 30만 원 사이로 가능하던데. 그 사진관에서는 원본 파일 다 받고 싶으면 50만 원을 달라고 했다. 나는 사진을 그래도 남들보다 많이 찍어 본 사람인데 그 사진들 총 합해서 100장도 안 넘지 않을까 싶다. 그 중에 눈 안 감고 괜찮게 나온 거 고르면 기껏 30장일 텐데. 그걸 50만 원 주고 사라니.

안 그래도 화나서 사고 회로가 안 돌아가는데 엄마가 너무 쉽게 그럼 이거 하자 저거 하자, 이렇게 말하는데 순간 욱해서 우리 가족끼리도 불화가 생겨버렸다. 아무리 생각해도 너무 비싸고 좀 무례한 상담 실장의 말투 때문에 고민을 하고 있는데 가족끼리는 또 이러자 저러자 의견이 안 맞으니 머리가 아팠다. 적당한 타협으로 15만 원 더 주고 한 25cm, 30cm 될까 한 액자 하나 받기로 했다.

정성스레 찍어주는 것도 아니고 우리 말고도 3, 4팀씩 모여 있던 그 스튜디오에서, 소중한 우리 가족의 사진을 제대로 찍지도 못하고 시간과 돈을 날린 걸 생각하니 너무 속상했다. 솔직히 그냥 내 돈 주고 다시 제대로 된 곳에서 사진을 찍고 싶었지만, 오늘 이렇게 고생해서 찍은 것도 하나쯤은 남겨두자 싶어 15만 원을 지불한 거였다. 그것만 아니면 그 돈도 내고 싶지 않았다.

우리 가족은 전부 집에 와서 각자 잠에 빠졌다. 다 다른 이유로 속상했겠지. 나도 그랬다.

이 나이 먹고 처음 찍게 된 가족사진인데 돈이 뭐라고 오늘 나를 너무 비참하게 만들었다.

슈퍼스타 K

1.

내 입으로 꺼내기에 조금 부끄러운 옛날이야기지만, 나는 20살이 되자마자 〈슈퍼스타 K〉라는 프로그램에 나가게 되었다. 다른 사람의 의지가 아닌 오롯이 내 의지로 나갔던 첫 발걸음. 그때 나는 정말 많은 것들을 경험했다. 좋은 친구들과 멋진 음악, 누군가의 시기 질투, 돌아오지 않을 선택, 사랑하게 된 사람 등등. 왜 이제야 그때가 생각났지 싶다. 아마 그때의 스물을 되돌려본다면 내게 좋은 글감을 많이 줬을지도 모르겠다. 하지만 또 동시에 힘들기도 했으니까. 모든 게 처음이었다. 이렇게 많은 사람을 만나 음악을 하는 것도 방송에 나가는 것도 누군가와 겨루는 것도. 그래서 나도 모르게 꾹꾹 집어넣어버렸나?

꽤 높은 순위까지 올라갔었다. 지금 생각해보면, 솔직히는 내가 방송에 적합해 보이는 캐릭터를 가지고 있기에 거기까지 올라갈 수 있었던 것 같다. 나보다 노래 잘하는 사람은 정말 많았는데, 20살 꼬맹이는 아무것도 몰랐다. 토너먼트 경연을 치르고 올라가 남은 10팀이 최종 생방송 경연에 도전할 수 있었다. 나는 그 탑 10 안에 들게 되었고 방송을 위해 집을 떠나 제작진이 준비해준 숙소에서 한 달 정도를 살게 되었다. 그 집에서 탑 10에 든 열 팀은 다 함께 살아야 한다. 짐을 싸서 출발하는 순간까지도 걱정도 슬픔도 없이 오로지 설렘만 가득했다.

나는 그 열 팀, 대략 열 넷에서 열다섯 명 되는 사람들 중 막내였다. 언니 오빠들의 예쁨과 사랑을 잔뜩 받으며 지냈다. 그때는 사회생활이고 뭐고 기분이 나쁘면 나쁜 대로 티를 팍팍 내기 바빴는데 유난히 나를 예뻐해 주던 맏오빠들은 그런 나에게 화 한 번 내지 않고 계속 좋은 말로 나를 타일러주기도 했다. 밤에는 다 같이 앉아 하늘을 바라보기도 했고 기타를 치는 사람 옆에 누워 그의 노래를 감상하기도 했다. 숙소생활을 하는 동안에는 핸드폰, 돈, 밖으로 연결되는 무엇이든 전부 사용할 수 없었고 인터넷도 쓸 수 없었다. 그러다 보니 우리는 그 안에서 참 많이 친해질 수밖에 없었다.

그 한 달을 살면서 가장 좋아했던 게 있다.

우리 열 팀 중 다섯 팀이 외국에서 지원해서 들어오게 된 오빠 언니들이었다. 처음엔 영어로 서로 대화를 하는 게 신기하고 낯설어서 친해질 수 있을까 싶었는데 같이 살게 되니 정말 빠르게 친해지더라. 그 언니 오빠들은 자기 전에 다들 한 번씩 포옹을 하고 방으로 들어갔다. 난 그 장면이 정말 충격적이었다. 지금은 나도 자연스럽게 친구들과 포옹할 수 있는 사람이 되었지만 그때는 왠지 남녀가 포옹하는 게 부끄러웠달까.

언니 오빠들이 포옹하는데 나는 옆에서 멀뚱멀뚱 지켜만 봤다. 신기하기도 하고 놀랍기도 하고. 딱히 나도 껴달라고 함께하고 싶다고 옆에 있던 건 아니었는데 그들은 자연스럽게 '민서도 come on~' 하면서 나도 한 번씩 안아주고 방으로 들어갔다. 가볍게 툭 안아주는 게 아니었다. 우리 모두는 서로를 따듯하고 적당한 세기로 '꼬옥' 안아줬다. 사람끼리 하는 포옹이 이런 기분이구나. 처음으로 느껴보는 포옹만의 위로에 나는 매료돼버렸다. 그 뒤부터는 매일 밤 나도 모르게 자기 전 시간을 기다렸다. 모두와 포옹하고 싶어서. 나도 그들을 위로하고 싶어서.

2.

숙소 생활을 하는 동안은 가족들과 통화를 할 수도 없었다. 그저 할 수 있었던 거라고는 숙소 생활할 때 필요한 물품들을 쪽지에 적어 작가님들께 드리면 작가님들이 그걸 가족들에게 전달해주는 것뿐. 한 달이나 살게 되니 필요한 것들이 종종 생겼는데, 사실 그렇게 크게 필요하다거나 급하거나 그런 건 아니었다. 근데 괜히 스무 살에 방송도 처음 나가보겠다, 멋도 좀 부리고 싶고 좋은 것도 갖고 싶었다. 매일 운동도 했고 옷도 입어야 했고 좀 뽐내고 싶은 욕심도 강해졌었다.

엄마에게 디테일하게 이런 거 저런 거 좀 사서 보내 달라 쪽지에 적었다. 적었던 것만 해도 한 7, 8개는 되었던 것 같다. 근데 그때 우리 집이 참 힘들 때였는데, 나는 내 새로운 인생이 시작되는 것 같은 들뜸에 가족들의 힘듦 같은 건 생각하지도 못했었다. 그냥 나를 위해 돈을 써서 그 물건들을 사다주길 바랄 뿐이었다. 근데 다음 주에 받은 택배는 7, 8개가 아니라 물건이 정말 한 20개는 들어있었고 전부 꽉꽉 채워져 있었다. 필요하다고 한 것 외에도 그냥 좋아 보이고 예뻐 보이는 것까지 죄다 사서 보내준 것이다.

그때 들었던 미안한 마음은 아직도 마음 한구석에 남아 있다. 없는 돈을 모아 딸내미 인생 한 번뿐인 순간을 위해 그것들을 사서 보내줬을 부모님. 사실 그렇게 필요하거나 중요한 것도 아니었는데 괜한 욕심을 부리며 우리 부모님을 힘들게 했다는 걸 생각하면 아직도 가슴이 쓰리다.

3.

나는 생방송 두 번 만에 탈락하기 전부터 사실, 아, 이제 그만 탈락해서 집으로 돌아가고 싶다. 하면서 힘들어하고 있었다. 매일 같은 밥, 샐러드, 다이어트 도시락, 아침운동, 연습실가서 연습, 저녁엔 돌아와 언니 오빠들과 수다나 좀 떨고 지겨워지면 몰래 집 지붕으로 올라가 하늘을 바라보는 게 전부였다. 지쳐버린 마음 때문일까 몸도 점점 아파왔다.

좋은 컨디션이 아니니 노래도 그저 그렇게 나왔다. 사실 내가 탈락한 게 컨디션의 문제였는지 나는 잘 모르겠다. 나는 그때 노래를 잘 못하기도 했으니까. 안 좋은 평가점수. 낮은 인기투표. 탈락이 당연했던 나는 함께했던 언니 오빠들이랑 헤어지는 아쉬움이 더 커서 눈물을 흘렸었다. 방송이 끝나고 난 뒤에 가족들을 만나는 순간에도 방송 카메라는 내 옆을 따라다니고 있었다.

가족들의 걱정스러운 말들과 표정이 조금은 귀찮았다. 지쳐서 그랬는지 아니면 저 앞에 나를 찍고 있던 카메라가 지겨웠는지. 그러고 싶지 않았는데 말이 예쁘게 안 나왔다. 나중에 집에서 보자 인사하고 숙소로 돌아왔다. 빼앗겼던 지갑과 핸드폰을 돌려받았는데, 함께 돌려받은 지퍼백에 쪽지가 들어있었다.

이게 뭐예요?

사실 저번에 택배 보내실 때 같이 온 거예요.

열어보니 꼬깃꼬깃하기도 하다. 어떻게든 숨겨서 보내주고 싶었나 보다. 이 쪽지를 내가 좀만 더 일찍 봤더라면 덜 힘들었을 텐데. 힘이 났을 텐데. 모두가 있는 앞에서 읽고 싶지 않아 혼자 방에 가져가 읽었다. 자세한 내용은 지금에 와서는 잘 기억나지 않지만, 엄마 아빠 동생, 다 다른 말로 내게 위로를 건네고 있었다. 고생하고 있겠지만 조금 더 힘내고 잘 버텨보자는 말들이었다. 종이에서도 엄마의 말투가, 아빠의 마음씨가, 그리고 동생의 풋풋하지만 솔직한 목소리를 느낄 수 있었다. 읽으면서 펑펑 몇 분을 울었다. 펑

펑 울었던 건 그 내용 때문도 있었지만, 글자만 봐도 쪽지만 봐도, 아니 그 꼬깃꼬깃하게 접어서 보내놓은 모양새만 봐도 눈물이 나왔다. 어떻게든 응원해주고 싶어서 쪽지를 그렇게나 조그맣게 접었었다는 게. 그 마음이 너무 잘 느껴져서.

나는 아직 많이 어리구나, 그렇게 생각했다.

4.

집에 왔을 때 아빠는 할머니의 건강이 너무 안 좋으니 빠르게 병원에 가보자고 했다. 내가 숙소 생활을 들어가기 전에도 할머니는 건강이 좋지 않으셨다. 암에 걸리셨고 이미 입원을 한 상태에서 내가 한 달간 숙소 생활에 들어가버린 것이다. 당연히 핸드폰도 인터넷도 안 되는 그곳에서 나는 할머니의 상태를 알 수 없는 채로 한 달을 보냈다.

사실 너무 정신없는 날들을 보내고 있었기에 그저 할머니는 잘 계시겠거니 그렇게 생각했다. 쉽게 생각했다. 내 마음대로. 경연에서 탈락하고 난 뒤 아빠에게 그 말을 들었을 때도, 그냥, 아, 그때보다 좀 상태가 악화되었나 보다, 이렇게만 생각했다. 너무 피곤하니까 병원은 내일 가보자며 집에 와 잠부터 잤던 것 같다.

할머니와는 어렸을 때부터 고등학교 때쯤까지 같이 살았었다. 할머니 할아버지 아빠 엄마 나 동생, 이렇게 여섯 식구가 함께였다. 할머니가 암에 걸린 걸 안 순간에도 우리는 한 집에 살고 있었으니까. 사실 굉장히 오랫동안 함께였지. 변명하자면, 그래서일까, 조금은 익숙하게 생각해버린 것도 있다. 사춘기 학생 때는 할머니 말씀도 잘 듣지 않았고 화를 내고 짜증을 냈었다. 나 어렸을 때 우리 할머니는 그저 나를 감싸고 예뻐해 주기 바빴는데.

예전에 친구에게 줄 생일 케이크를 할머니가 떨어트렸었나, 한 조각 드셨었나, 잘 모르겠다. 어쨌든 그 케이크를 망가트려버렸다. 내가 직접 만든 케이크였는데 할머니가 그걸 망친 게 너무 화가 나서 할머니한테 그걸 망가트리면 어떡하냐고 화를 엄청 냈다. 할머니는 미안하다 말씀하시며 내게 삼만 원을 쥐여주셨다. 예쁜 케이크 다시 사서 친구 주라고. 그 돈으로 케이크를 다시 샀었는지는 기억이 안 난다.

지금 생각하면 가슴이 쓰릴 만큼 죄송하고 속상하다. 철없고 어린 내가 고작 그 이삼만 원 하는 케이크로 할머니를 속상하게 해야 했을까. 그때도 사실 할머니는 몸이 굉장히 아플 때였는데 근데 내가 그렇게 말 안 듣고 화내고 못되게 굴었는데, 우리 할머니는 아파서 말도 못하시는 와중에 나를 찾으셨다고 했다. 말씀을 못하시니 종이에 내 이름을 적어서 보고 싶다고 보고 싶다고. '민서' 소중한 이름을 적으셨다.

할머니의 상태는 내가 생각했던 것보다 많이 안 좋으셨다. 솔직하게 말하면 나는 죽음이 눈앞에 드리워진 사람의 모습을 처음 봤다. 우리가 아는 사람의 형태라기보다 해골의 형태에 더 가까웠다. 움직이기는커녕 턱 관절 힘까지 다 빠져버려, 입을 다물 수도 없어 식염수를 묻힌 솜을 할머니

혓바닥에 대어드려야 했고 몸에는 아무 살이 남아있지 않아 그저 뼈와 가죽뿐이었다. 고모에게 물어보니 최근에는 의식을 찾기도 힘드신 것 같았다.

조심스레 할머니를 불렀다. 너무 늦어서 미안하다고. 내가 이래저래 일이 있어서 너무 늦게 왔다고 나도 할머니 보고 싶었다고. 한번 눈 떠보시라고. 몇 번을 불렀을까 정말 신기하게도 할머니가 눈을 뜨셨다(눈을 뜨신 건 아니고 사실 흰자만 보이던 눈에서 눈동자가 움직여 나를 바라본 거였지만). 나는 계속해서 할머니에게 말을 걸었다. 별 얘기는 아니었다. 그냥 이랬다저랬다. 나 왔다. 보고 싶었냐. 할머니, 할머니. 민서, 민서. 할머니는 눈물 한 방울로 대답했다.

왜 울어 할머니. 눈물을 닦아드리며 몇 분 더 말을 걸었을까. 할머니는 다시 잠에 드셨다. 그러고 우리가 자리를 뜨고 돌아가실 때까지 일어나지 않으셨다. 할머니는 내가 슈퍼스타 K를 끝낸 지 사흘 정도 만에 돌아가셨다.

할머니는 나를 기다리셨던 걸까? 그 순간에는 그 프로그램도 밉고 그걸 나간 나도 밉고 중간에 연락 한 번 할 수 없게 한 제작진들도 너무 미웠다. 할머니가 조금이라도 더 건강하실 때 나를 볼 수 있었다면 조금 더 오래 사셨을까. 마지막으로 차가운 할머니 얼굴을 쓰다듬으며 기다려줘서 고맙다 인사를 나눴다. 돌아가시고 나서 할머니는 내 꿈에 제일 먼저 나오셨다.

난 미신 같은 건 잘 믿지 않는 사람인데, 그냥 할머니가 꿈에 나온 게 너무 반가워서 아빠랑 고모한테 할머니가 꿈에 나왔다고 말해줬다. 고모랑 아빠 꿈엔 아직 안 오셨단다. 내 꿈에 제일 먼저 오셨던 거다. 고모가 할머니 잘 도착하셔서 인사하러 오신 거라고 했다. 그래서 나도 그렇게 믿고 싶어서 이제 잘 도착하셨으니 차근차근 인사하러 오시면 좋겠다고 했다.

할머니가 거기서 잘 계시고 있다면 좋겠다. 나 이젠 좀 철들었는데 한창 철없을 때 아프셔서 잘 못해드린 게 아직도 맘에 걸린다고 말하고 싶다. 나중에 언젠가 만나게 되면 그땐 지금 못한 효도 다 해드릴게 말하고 싶다. 그동안 맛난

거도 많이 드시고 좋은 거 많이 보면서 쉬고 계시라고. 그때 말 못했는데 많이 사랑한다고. 또 만나자고.

5.

지금까지도 만나는 나의 소중한 친구들 중 몇 사람은 슈스케에서 만난 사람들이다. 자주는 아니지만 주기적으로 한 번씩 얼굴을 보는 친구도 있고 나와 같은 취미를 가져서 자주 만나는 친구도 있다. 음악은 취미가 되고 일을 하느라 바빠서 연락만 하게 되는 사람도 있고 여전히 여기저기서 음악 행보가 들려오는 친구도 있다.

벌써 6년 전. 지금 생각하면 부끄럽고 소름이 끼치지만, 그때 얻은 아주아주 값진 것은 지금 내 곁에 있는 이 친구들이다. 같은 시간을 공유하고 추억할 수 있는 친구들. 나는 그들을 보며 내가 아주 헛되고 웃긴 짓을 한 거라고는 생각하지 않는다. 아니, 감사하다. 보잘것없는 내 인생에 좋은 인연이 되어 나타나준 내 친구들이 감사하다.

어찌됐든 인생의 가장 짧고 강렬했던 순간을 함께한 사람들. 우리 모두가 행복했으면 좋겠다.

다툰 날

오늘은 그 사람과 다퉜다.

다퉜다는 표현이 맞나 싶기는 한데. 그간의 사소한 트러블들이 쌓이고 쌓이다가 터져버린 느낌이랄까. 사실 한번 어긋난 것 같다고 느꼈을 때, 그때 빨리 대화로 풀었어야 했는데 서로 괜찮겠지 싶어 넘기고 넘기다가 이제는 대화가 통하지 않는다고 느껴지는 지점까지 와버린 거다. 자꾸만 대화의 핀트가 어긋나버리기를 몇 번. 어제는 결국 서로 인상을 찌푸렸다.

그 사람과 나는 정말 다르다. 처음 만났을 때부터 느꼈지만, 지금까지도 우리는 서로가 많이 다르다는 것을 알아가고 있다. 그 요새 유행하는 성격유형 검사 같은 것도 거의 정 반대로 나왔으니, 말은 다했다.

처음에는 정말 세상에 어떻게 이런 사람이 존재할 수 있지? 하는 생각이 들었다. 첫 만남부터 그 사람은 스스로에 대한 자신감이 넘치고 있었다. 본인 얘기를 할 때도 하나도 주저하는 기색이 없었다. 나는 정반대였는데.

나는 소수로 노는 것을 더 즐기지만 그 사람은 늘 주변에 사람이 많았기에 그들과 함께 시간을 보내고 공유하는 것을 좋아했다. 강남 어딘가를 돌아다녀도 아는 사람을 한두 명씩은 꼭 마주쳤고, 그 사람의 핸드폰은 쉴 틈 없이 울려대곤 했다. 나는 집에서 하는 데이트를 좋아하지만 그 사람은 집에만 있는 것을 싫어했고 나는 술을 좋아했지만 그 사람은 술은 입에도 대지 못했다. 그리고 가장 중요한 것은, 그 사람은 참 긍정적이었다는 것이다. 나는 내가 생각했던 것보다도 더 모든 일에 부정적인 사람이었고, 결국 그 차이가 우리를 많이 힘들게 했다.

그렇게나 다른 두 사람이 만났으니, 마찰이 생기는 것은 어쩌면 당연했을까. 그러다 보니 서로 풀어보자고 한 대화가 아주 이상하게만 흘러갔다. 같은 이야기만 반복되는 것 같은 기분이 들 때쯤, 결국 우리는 서로 입을 다물었다. 속상하긴 무지 속상한데, 그렇다고 할 수 있는 말도 없었다. 달리는 차 안이 조용했다. 그 사람은 묵묵히 우리 집까지 운전만 했다. 무슨 생각을 하고 있는지 알 수는 없었다.

집에 도착했지만 딱히 할 말이 없어서 그냥 조용히 짐을 챙겼다. 내리려고 하니 갑자기 내 손을 꼭 잡는 그 사람. 내가 요새 힘들어 하는 모습을 보는 게 자기는 힘이 들었다며. 그래서 예민한 나의 기분을 해칠까, 이런 말을 하는 것 자체가 조심스러웠는데, 너무 미안하다며 땀이 날정도로 내 손을 꼭 잡고 있었다.

조금은 시무룩해진 눈썹이 갑자기 안쓰럽게 보였다. 너는 날 이렇게나 매번 신경 써주고 사랑해주고 노력하는데 나는 왜 순간의 짜증들을 참지 못해서 우리를 여기까지 데려왔을까. 사랑은 하는데 왜 이렇게 돌아왔을까. 정말, 자존심 같은 건 아무 소용도 없는 걸 텐데.

오늘따라 내가 유난히 미워 보인다.
단지 너와 내가 달라서 그런 거라는 변명은 하지 말아야지.

눈이 건조해서 그래

나는 네 뒷모습을 보면 심장이 쿵
내려앉는달까 슬퍼진달까 그래.
예쁘고 동그란 뒤통수가 뭐가 그리 슬픈지
내게서 등을 돌리는 순간마다
눈물을 왈칵 쏟으려는 것을 참아내야 해.
또 가끔은 이 마음을 아는지 모르는지

뒤돌아 웃는 너 때문에 그냥 참아낼 수밖에 없어.

참아내야지 어쩌겠어.

어린애도 아니고.

뒤통수가 예뻐서 울었다 그러면 이상하잖아.

울음 포인트가 같은 사람

동생과 나는 취미가 비슷하다. 바로 애니메이션을 보는 것이다. 다른 자매는 영화나 드라마를 함께 보곤 한다던데 우리는 애니메이션을 더 좋아한다. 서로 재밌게 봤던 것을 추천해주기도 하고 둘 다 한 번도 보지 않은 것을 찾아보거나 이미 완결까지 본 애니메이션을 다시 첫 화부터 돌려서 보기도 한다.

며칠 전부터 함께 보고 있는 작품이 있다. 장르는 일단은 학원 로맨스물이지만, 한 사람이 자신의 콤플렉스를 극복해 나가는 희망찬 메시지 역시 담고 있는 작품이다. 내가 제대로 기억하고 있는 거라면, 그 애니메이션은 12세 이용가다.

그날도 동생과 함께 그 작품을 보고 있었다. 그렇게 평소처럼 재밌게 보고 있었는데 갑자기 눈물이 날 것 같았다. 당황스러웠다. 대놓고 슬픈 장면도 아니었으니까. 그냥 너무 평화롭고 아름다운 장면이었는데, 심지어 12세 이용가였기에 그렇게 자극적이거나 사실적으로 표현된 것도 없었는데 별안간 울음이 터져나올 것만 같았다.

휴지를 찾기 위해 조용히 주변을 두리번거렸다. 그러다 동생의 뒷모습이 보였다. 근데 어딘가 좀 이상해 보이는 게 아닌가. 어깨가 좀 들썩거리는 것 같기도 하고 손이 얼굴로 필요 이상으로 향하는 것 같기도 하고.

"혹시?"

자세히 보니 아니나 다를까, 동생도 울고 있었다. 나와 같은 장면에서. 나보다도 더 벌게진 얼굴로.

예전에는 그런 적도 있었다. 동생이 자기가 봤던 장면을 누군가와 함께 나누고 싶었던 건지, 나한테도 그 작품을 봤냐고 물어본 적이 있었다. 그러면서 자기가 가장 감동했던 장면에 관해서 설명을 늘어놓기 시작하는데, 그러다 갑자기 울음을 터뜨리는 것이다. 결국 가만히 설명을 듣던 나도 그 모습을 보고 따라서 울어버렸다. 그 장면이 머릿속에 그려져서 슬펐던 것도 있었고 동생이 우는 모습을 보니까 나도 갑자기 마음이 이상해졌던 것도 있었다.

며칠 전에는 지인을 만났다가 요즘 뭐 하고 지내냐는 질문을 받았다. 바쁜 게 좀 끝난 상태라 집에서 애니메이션을 보면서 지내고 있다고 대답했다. 그러다 앞서 말한 일들, 동생과 있었던 일들을 자연스럽게 이야기하게 됐는데, 부럽고 멋지다는 예상치 못한 대답이 돌아왔다. 가족과 같은 취미를 가지고 있는 것도 부러운데 같은 장면에서 울 수 있다는 게 멋있다는 거였다.

그렇구나, 다른 사람들 눈에는 그렇게 보일 수도 있겠구나. 사실 이런 일화들은 나와 동생에게는 너무 당연한 일상이었기에, 별로 특별하다고 생각한 적은 없었다. 그날은 집으로 돌아오면서 이런저런 생각을 했다.

동생과 나는 늘 울음 포인트가 비슷했다. 내가 다른 사람에게는 정말 아무것도 아닐 수 있는 장면에서 울고 있을 때, 내 옆에는 어김없이 나와 똑같은 표정으로 울고 있는 동생이 있었다. 우리는 그럴 때마다 서로에게 단 한 번도 왜 그런 장면에서 우느냐고 비난하거나 이해 못 한다는 말을 한 적도 없었다. 언제나 함께 그 순간의 분위기와 감정을 공유하고 있었으니까.

동생과 함께 애니메이션을 보는 일이 그렇게 좋았던 건, 어쩌면 같은 장면에서 함께 울 사람이 있다는 생각 때문이 아니었을까. 아름다운 장면을 함께 이야기하고 나누는 것도 좋지만, 우리만의 장면에서 함께 슬퍼할 수 있다는 것. 어쩌면 그 사실이 나에게 위로가 됐는지도 모른다.

앞으로도 늘 동생과 같은 것을 보며 시간을 보내고 싶다. 그리고 우리는 또 우리만의 포인트에서 함께 울겠지. 얼마든지 그래도 괜찮을 것이다.

일기

나의 아주 오래된 루틴 중 하나는 바로 일기를 쓰는 것이다. 일기를 쓰며 오늘을 되돌아보는 건 꽤 오래된 나의 습관이다. 중학교 1학년쯤부터 작년까지도 썼으니까. 일기장은 매년 그 나이의 감성에 맞게 바뀌었다. 중학교 1학년 첫 일기장은 에펠탑이 그려진 것이었다. 일기장 전부가 파리의 모습을 담고 있었다. 그리고 그때도 지금도 내게 프랑스파리를 가보는 건 버킷리스트 중 하나다. 지금의 나이쯤 이미 갔다 왔을 계획도 하고 있었는데, 인생이 늘 계획대로 돌아가지는 않았으니까. 지금도 파리에 가보고 싶다.

고등학생 때에는 파란 하늘이 겉표지인 다이어리를 썼다. 무슨 글귀나 다른 사진은 없었다. 속지도 심플하게 그림 하나 없는 느낌의 일기장이었다. 그때는 그래도 이런저런 귀여운 스티커와 마스킹 테이프를 사서 내용에 맞게 또 무드에 맞게 속지를 꾸미며 다이어리를 썼다. 그때 쓴 일기장을 지금 읽어보면 한편으론 정말 웃기다. 그 당시에 느꼈던 힘듦이나 아픔, 속상한 일들, 그땐 정말 깊고 대단하게 다가오는 것들이었는데 다 지나고 보니 그것도 결국 적당한 추억으로 남아버렸다.

성인이 되고 나서 쓴 일기장은 아주 자연스럽고도 아무것도 없는, 그저 민무늬 겉표지의 다이어리였다. 속지에는 더 말할 것도 없이, 그저 줄만 그어져 있었다. 그만큼 자연스럽게 나는 오롯이 내 감정과 마음만 솔직하고 비밀스럽게 일기장에 써내려가는 사람이 된 거다. 고등학생 때의 내 우울과 성인이 되고 나서, 20대 초반의 우울을 비교하자면, 20대 초반 쪽의 무게가 훨씬 깊지 않았나 싶다. 그만큼 정말 힘들었고 미숙한 삶을 살고 있었기에 억지로 글이라도 써내려가지 않으면 참을 수 없는 날들이었으니까.

그렇게 오래된 루틴이었는데 지금은 일기를 쓰지 않는다. 한때는 일기를 쓰는 게 내 하나의 자랑거리였고 또 무조건 좋은 일이라고 생각했다. 물론 그게 지금은 안 좋다는 게 아니다. 그저 이제 내게 일기가 그렇게 필요하지 않게 되었다는 뜻이다.

사실 지금까지 내 일기의 내용은 대부분 자책이었다. 나를 미워하고 나를 탓하고. 그러다 안 되면 세상을 탓하고 욕하고 화나는 마음을 주체 못해서 페이지 몇 장을 찢어버리기도 했으니까. 그때의 나는 나를 참 미워했다. 이런 불공평한 세상도 싫었지만, 그중에 불공평하게 태어난 것 같은 내가 너무 미웠다. 행복하고 편안하게 살아가는 사람도 있는데 내 삶은 왜 매일이 이렇게 불안하고 뾰족할까. 그 안에서 나는 왜 나아가지 못하고 여기 머물러 있는 걸까. 나는 능력 없는 사람이야. 의지도 없는 사람이야. 목표도 생각도 계획도 희망도 없는 사람이야. 나는 내가 미웠다.

지금은 그때보단 조금 더 어른이 된 느낌이다. 지금은 그때처럼 나를 많이 탓하지 않는다. 자책과 죄책에서 벗어나려 애를 쓰며 산다. 나는 괜찮은 사람이라고, 잘하고 있다고. 힘든 환경에서 여기까지 온 것도 아주 잘 해낸 거라고 스스로를 다독인다. 그렇게 며칠, 몇 개월, 1, 2년 생각하다 보니 내가 정말 조금은 괜찮은 사람이 된 것 같더라.

이제는 굳이 나를 탓하고 미워하는 일기는 더 쓰고 싶지 않다.

Love Yourself

전에도 말했지만, 이제는 내가 나를 사랑할 때가 된 것 같다. 사랑이 넘치는 사람, 그러니까 나를 사랑할 줄도 알고 나아가 남을 사랑해줄 줄도 아는 사람이 되고 싶다. 우울만 가득한 일기를 쓰곤 했던 한때의 나처럼 살고 있을 사람들에게 충분한 사랑과 마음을 전해주기 위해서. 여전히 매일 매일 뒤섞이는 감정들로 아직 나도 나를 온전하게 바라보지 못하지만 노력하고 싶다. 노력하다 보면 언젠가 또 새로운 깨달음이 내게 다른 내용의 일기를 적을 수 있게 해줄지도 모를 테니까.

그때는 인생의 새로운 일기장을 펼쳐봐야지.

완벽한 이방인

두 사람 다 처음 가보는 곳이었다. 거기가 정확히 어디였는지는 잘 기억나지 않는다. 어딘가를 들렀다가 여유가 생겨서, '우리 시간도 남는데 다른 데도 한번 갔다 올까?' 하고 찾은 곳이었으니까.

거리가 정말 예뻤다. 곳곳에 있는 스피커에서는 걷는 내

내 재즈가 흐르고 있었다. 마치 여행을 떠나온 느낌. 이미 상기된 기분이었는데, 심지어 걷는 것도 좋고 사람도 없이 한산하고, 재즈도 있고. 정말, 다른 나라로 떠나온 것 같은 느낌이었다.

그 사람과 근사한 곳을 오가다 보면 자주 하는 생각이 있다. 내가 정말 유명하다고 생각해서 하는 말이 아니지만, 실제로 모두가 날 알아본다거나 하는 건 아니지만, 가끔은 이 세상사람 모두가 나를 몰랐으면 하는 생각. 그때도 그랬다. 지금 이 순간, 여기에 있는 사람들이 다 나를 몰랐으면, 그곳의 우리를 몰랐으면 좋겠다고 생각했다. 다른 세계에서 온 우리가 되고 싶은 기분. 그 누구도 우리를 방해하지 않았으면 하는 기분.

물론 모두에게 잊히는 것은 무서운 일이다. 누구와도 함께이지 않을 때, 완벽하게 혼자일 때, 그때 심지어 누구도 나를 몰라주는 일은 싫다. 하지만 그 사람과 함께라면 괜찮다는 거다. 오히려 너무도 간절히 그 순간이 오기를 원한다는 거다. 조금은, 어쩌면 많이 이기적인 생각이지만, 그 사람과의 지금이 너무나 완벽해서. 우리 둘만의 시간을 아무도 방해하지 않았으면 좋겠다.

함께 어딘가에서 완벽한 이방인들이 되길 바란다.

그런 고립이라면 언제든 좋으니.

긍정의 에너지

요즘은 긍정적이고 좋은 에너지를 지닌 사람이 되고 싶다는 생각을 자주한다.

왜냐고? 음, 왜냐하면, 그런 사람들과 있을 때 받는 아주 좋은 기운이 너무 편안하고 포근하기 때문이다. 이게 대답이 될 수 있을지는 모르겠지만, 아무튼 그렇다. 내게 딱히 어떤 말이나 위로 같은 걸 건네주지 않아도 이 사람과 지금 이렇게 있을 수 있어서 좋다고 생각하게 돼버리니까. 사실 생각해보면 그간 깨닫지 못했을 뿐, 나도 모르게 그런 사람들만을 찾아다녔던 것 같기도 하고.

그래서 나도 그런 사람이 되고 싶다고 생각하게 된 것이다. 나랑 같이 있으면 딱히 뭔가 하지 않아도 편안하고 힘들지 않은 시간을 보내게 되기를. 그렇게 좋은 기운만 얻어가게 되기를. 그게 누가 됐건 말이다. 한편으론 그간 나 스스로 내 안의 긍정적인 아이를 부정해왔던 건 아닐까 하는 생각도 든다. 사실 나는 되게 긍정적이고 좋은 사람인데, 그런 힘 같은 건 없다고 생각해버린 게 아닐까.

요즘은 딱히 부정적인 감정만 갖지 않으려고 노력한다. 지금 당장 눈앞에 놓인 무언가가 내 어지간한 노력으로 달라지지 않았어도, 내일 해야 할 일이 그대로 산더미처럼 남아 있어도, 그냥 '해버리면 된다'는 식으로 생각하면서 그렇게. 그러다 누군가를 만나고 별 시시콜콜한 얘기를 나누게 된다면 그만이다. 굳이 속상한 일들을 입 밖으로 꺼내지 않아도, 아, 그냥 오늘 널 만나서 그래도 좋았다, 그렇게 말하며 나도 덩달아 위로 받으면 그만이다.

구원

어렸을 때는 그렇게 욕을 많이 했다. 물론 지금도 완벽하게 욕을 하지 않는 사람이 된 것은 아니지만, 예전엔 정말 심각했다. 거의 입만 열면 욕이 튀어나왔던 것 같은데. 그땐 정말 왜 그랬을까. 뭐가 그렇게 화가 나는 일이 많았을까. 왜 그렇게 힘든 일이 많았을까. 나는 그런 일을 겪을 때마다, 도무지 가라앉지 못하는 마음을 그저 욕으로만 표현했던 것 같다. 그 불 같은 마음을 말로 어떻게든 쏟아내야지만 밤에 잠이 왔고 악몽을 꾸지 않았기에. 그때의 내게는 그만큼이나 어쩔 수 없는 일이었던 거다. 그게 나를 어떤 사람으로 바꿔 놓을지는 생각할 겨를이 없었던, 당장 오늘의 내가 중요했던 십대 시절이었다.

옆 테이블에서 중학생으로 보이는 아이 둘이 떡볶이를 먹으며 떠들고 있다. 엄마 때문에 힘들고 할머니가 집에 안 오냐고 재촉해서 화가 난단다. 학교 친구가 자기를 무시해서 아무도 자신을 이해해주지 못해서 답답하단다. 미안, 들으려고 한 건 아닌데 소리가 커서 다 들어버렸다. 그러면서 문장 중간중간 욕설을 섞고 있었다. 마치 10대의 내가 그랬던 것처럼. 나는 어쩐지 일면식도 없는 그 아이들의 마음을 대충은 알 것 같아서 조용히 밥만 먹고 나왔다. 자리를 비켜주고 싶었다. 앞에 앉아 있는 친구와 마구잡이로 욕하면서 수다를 떨지 못하면, 그녀는 아마 오늘 밤이 힘들지도 모르니까.

나 역시 10대에서 벗어난 지 그렇게 오랜 시간이 흐른 것은 아니다. 어른도 어린이도 아닌 어중간한 나이로, 어른이 되어가는 아이로 살고 있다. 삶은 그때보다 아주 조금은 나아졌다. 삶이 나아지면서 자연스레 욕도 줄었다. 불필요하다는 것쯤은 사실 알고 있었다. 욕 같은 거 안 해도 내 마음을 잘 전달할 수 있다는 것도. 다만 그걸 참 늦게 깨달았을 뿐. 한때의 내 일상은 그저 매일 같은 집 같은 학교 같은 반 같은 친구 같은 선생님과 함께였고, 경제능력도 사회능력도 없는 내가 그 환경을 파괴하고 새로운 무엇인가를 찾고 만드는 건 참 힘든 일이었으니까.

성인이 되어가면서 앞을 향해 나아가는 멋진 무리들을 만나게 된 건 어쩌면 행운이었다. 내가 그런 사람들을 만나서 이야기 나눌 수 없었더라면 여전히 그 십대에 머물렀을지도 모르겠다. 긍정적인 사람들을 만난 것은, 아니 사실 긍정적인 사람이 옆에 있음에도 놓치고 산 내게 너도 할 수 있다고 잘 하고 있다고 말해주는 사람들을 만난 것은 정말이지 행운이었다. 나랑은 다른 세계에 살고 있는 사람들이라고 생각했는데, 그 사람들은 그 세계를 스스로 만들어가고 있었으니까.

어쨌든 저 친구들이 지금 처한 환경이 얼마나 암울하고 힘든지 나는 알 수 있다. 하지만 또 분명 좋은 사람을 만나게 되면, 앞으로 또 앞으로 나아갈 수 있게 될 거다. 웃을 날도 행복한 날도 점점 늘어 불 같은 마음과 말씨들이 줄어들지도 모른다.

세상에 구원이 필요한 사람은 많다. 나도 구원이 필요한 철없는 아이였으니까. 화 나는 일이 많았고 힘든 일이 나름대로 많았다. 그리고 그때마다 욕을 하고 험악한 표정만을 지으며 그 마음들을 추스를 수밖에 없었던 것 같다. 밤에 조금이라도 편히 자기 위해서. 악몽을 꾸지 않기 위해서는. 만약 그때 내 속마음을 들어주는 사람이 한 명이라도 있었다면, 괜찮다고, 좋아질 거라고 말해 주는 사람이 있었다면, 조금이라도 더 자주 웃을 수 있었을 텐데.

이제는 내가 구원이 되고 싶다. 너희들에게 세상에는 멋진 사람들도 장소들도 많아서, 앞으로는 행복할 날들이 지금보다도 아주 많이 생길 거라고 알려주고 싶다. 밥도 못 먹는 아이들에게 맛난 것을 잔뜩 사주고 싶고 겨울에 따듯한 몸을 녹일 수 있는 옷을 잔뜩 주고 싶다. 걷기가 힘든 어른들을 태워 집까지 보내드리고 싶고 집이 없는 동물에게 안식처가 되고 싶다. 잘하고 있다고 머리를 쓰다듬고 싶다.

집으로 향하는 차 안에서, 내일의 나를 상상한다. 내일을 열심히 살아야겠다. 좀 더 단단한 어른이 되어 그들을 안아주러 갈 수 있게끔.

레슨

나는 살면서 내가 누군가를 가르칠 수 있다고 생각하지 못했다. 나는 여전히 너무 어리고 모자라고 부족하다. 내 몸 하나 제대로 건사하기 힘들고 매번 기분이 왔다 갔다 춤을 추는데 내가 어떻게 사람을 가르칠 수 있을까. 사람을 가르친다는 건 왠지 내겐 너무 엄청난 일 같아 보였다. 또 나를 가르쳐주셨던 선생님들은 늘 같은 자리 같은 마음이셨고 우리를 사랑해주셨기에 나도 그런 사람이 되지 못한다면 할 수 없겠다고 이미 선을 그어버리게 됐다.

주변 친구들은 하나 둘 레슨생을 받더라. 그들을 평가하려는 마음이 아니라 벌써 우리가 사람들을 가르칠 수 있다고? 하는 의문이 들었다. 친구들은 내게 너도 레슨 해봐, 잘할 수 있을 것 같은데? 라고 말한다. 하지만 나는 매번 고개를 저었다. 나는 아직 모자라다. 내 자신도 모자라기 때문에 가르치는 건 더더욱 할 수 없는 일이었다.

또 나는 지독히 플레이어의 입장에서만 살기도 했다. 어찌 보면 참 편하고 쉬운 입장을 택한 거다. 나는 그저 사람들이 원하는 일들만 해치우면 됐다. 나만 잘하면 됐고 누군가를 책임질 일 없이 내 일만 책임지면 되니까. 반면 외로운 일도 많았다. 또 누군가 나를 원하지 않으면 나는 플레이어가 아니라 그저 백수가 되어버리는 거다. 플레이어는 누군가 나를 플레이어로 써줘야만 존재할 수 있으니까.

그렇게 꿋꿋이 플레이어인 나를 지켰는데. 이놈의 코로

나가……. 내 일을 다 가져가버렸다. 사람들은 지금 당장 먹고 살 걱정도 많아졌고 애초에 사람들이 모일 수 없기 때문에 누군가의 앞에서 노래하는 내 직업은 아주 의미가 없어져버린 거다. 그렇다고 솔직히 내가 엄청나게 유명한 사람도 아니고 앨범만으로 먹고 살 수 있는 정도의 파급력이 있는 사람도 아니기에. 갑작스레 백수가 되어버린 거지.

갑작스러운 백수생활은 그동안 내가 생각했던 나의 자존심에 대해 다시 생각해볼 기회를 줬다. 물론 내가 누군가를 가르치는 게 자존심 때문만은 아니겠지만 이 기회에 해보는 것도 내게 좋은 시간이 될 수 있지 않을까. 하고 싶다는 사람이 있는데 굳이굳이 안 된다 할 필요가 있을까. 그런 생각을 하던 중에 지인이 내게 요새 노래가 너무 좋은데 노래를 잘 해보고 싶다고 연락이 왔다. 레슨 좀 해달라면서.

사람을 가르친다는 건 내가 생각했던 것보다 더 어렵고 무거운 일이었다. 내가 감각적으로 알고 있는 부분들을 이론적으로 잘 설명해서 그 사람을 이해시켜야하기 때문이다. 애초에 이론적으로 설명이라는 걸 잘 해본 적이 없는 나라서 유난히 더 어려웠다. 오늘이 첫날이라 그럴 수는 있겠지만 더듬더듬 했던 말을 또 하고 이랬다가 저랬다가. 분명 레슨하기 전에 무엇을 가르쳐줄지 생각하고 정리했지만, 실제로 가르쳐준다는 건 정말 어려운 일이었다.

하지만 내 첫 레슨생은 그래도 이렇게 노래를 하니까 너무 재밌다고 하면서 웃었다. 그리고 그 해맑은 미소를 보니 번뜩, 엄청난 만족감이 생겨버렸다. 다음 시간에도 재밌었다고 웃어주면 좋겠다는 마음도 생기고. 레슨이 끝나고 집에 와서 모자랐던 부분들을 생각하며 다음 시간에 할 수 있는 것들을 체크하고 적어두었다. 더 좋은 걸 많이 알려주고 싶다. 나의 선생님들도 그랬을까. 자신들도 부족하다 느끼면서도 학생들의 웃음과 행복을 보며 새로운 날들을 또 준비했을까.

한 번도 생각해보지 못한, 누군가를 가르치는 나. 절대 해볼 일은 없다고 생각했는데 이렇게 조금씩 변해가는 내가 낯설지만 기특하다. 난 또 새로운 도전을 해보는 거니까. 왠지 다음에는 더 잘할 수 있을 것 같다.

사람

나는 어떤 사람일까. 괜찮은 사람일까. 다들 나를 어떻게 생각하고 있을까. 좋은 사람이라고 생각할까, 아니, 친하다고 생각은 할까. 안부가 궁금하기는 할까. 나는 잘 모르겠다. 내가 어떤 사람인지 당신에게 또 그들에게 적당히 함께 할 수 있는 사람인지. 나라는 사람이 평균에 못 미치는 건 아닌지. 매번 남들이 나를 그렇게 볼까 못나게 생각할까 무서워서 지레 겁먹고 숨기 바쁘다. 만나자 해도 괜찮은 핑계를 대면서 도망간다. 오늘 만난 내 모습에 실망하면 내 자신이 너무 싫어질 것 같으니 더 좋아질 기회도 그저 놓치기만 한다.

내가 보기엔 참 멋지고 높은 사람들이 있다. 굳이 나 같은 사람과 시간을 보내는 게 의미가 없지 않을까 싶은 사람들. 이미 유명하고 멋진 사람들. 내가 아무리 열심히 살아도 저들만의 세상엔 왠지 낄 수 없을 것 같아서 나도 모르게 스스로 벽을 치고 있었나 보다. 나는 딱 '아는 사람' 정도면 괜찮겠다. 더 가까워지고 싶어도 나는 가까워질 수 없는 사람이니 여기까지만 다가가야겠다. 더 다가가려고 하면 저 사람들은 나를 부담스러워하고 밀어낼지도 모르니 나는 여기에만 서 있자고. 그렇게 혼자 벽을 치고 혼자 생각을 하고 결국 혼자가 되어버렸다.

당연히 먼저 연락하지 않는다. 그런 마음을 가진 내가 어떻게 먼저 연락할 수가 있겠는가. 그들을 부담스럽게 하지 않고 싶다는 이기적인 생각으로 참는다. 그렇게 더러 잊혀

져버린 그리고 잊어가는 사람도 있다. 아는 사람에서 그냥 한두 번 본 적 있는 사람으로. 한두 번 봤지만 이제는 보지 않는 사람으로. 연이 끊기면 아, 인연이 아닌 사람인가보다 안타까워할 뿐 붙잡지 않았다.

그런 내게 그녀는 처음으로 다가와준 사람이다. 별 볼 것 없는 사람인 내게 바라는 것 없이 호의를 베풀어주던 사람. 나는 해준 것도 없는데 나에게 마음을 보여주던 사람. 나보다 나이가 조금 많았고 키는 조금 작았다. 키도 어깨도 품도 내가 더 큰데 그녀는 나보다 더 커보였다. 웃어주는 입이 조금 컸나? 아마 그녀는 큰 사람인가보다. 이렇게 나를 이유 없이 안아주는 걸 보면.

고마운 마음에 작게나마 보답해주고 싶어서 밥을 사겠다고 연락했다. 바쁜 일정 속 비는 시간에 나를 만나러 오겠다고 했다. 그녀를 만나 쓰는 돈 몇만 원은 아깝지 않았다. 비싸고 맛난 밥을 사줘서 고맙다고 웃는 모습에 마음이 사르르 녹아버렸다. 나는 아무것도 아닌 사람이었는데. 아무것도 아닌 사람을 이렇게 사랑해줄 수 있는 걸까.

우린 따듯하고 맛있는 밥을 먹으며 의미 없고 재밌는 얘기를 나눴다. 다음의 만남도 자연스럽게 약속했다. 오늘의 시간을 사진으로도 남겼다. 가방 속 사진이 따듯했다. 무언가를 해야만 할 것 같아 긴장했는데 시간이 지날수록 그런 것들은 다 필요가 없어졌다. 나는 그녀에게 그저 한명의 친구였었고 그녀가 내게 바라는 것은 없었다. 마음을 나눌 사람은 누구에게나 필요하다. 그녀가 내밀어준 손 덕분에 나는 나를 좋아하는 사람이 되었다.

늦어도 좋다는 것

나는 시간에 적당히 예민한 사람이었던 것 같다. 약속 시간에 너무 빨리 도착하는 것도 또 늦게 도착하는 것도 매우 불편하게 여겼다. 시간을 아주 딱 맞추고 싶어서 타이트하게 출발 계획을 세우고는 했던 것 같다. 그래서 남들이 약속에 늦으면 그렇게 화가 났고 또 내가 늦게 되는 날에는 조바심이 나서 뛰기에 바빴다. 그러다 사고가 나기도 했다.

일할 때도 마찬가지였다. 내 직업은 특성상 대기를 하는 시간이 굉장히 많다. 생방송이라서, 또 내가 까마득히 어린 후배라서, 앞 방송이 늦게 끝나서, 준비하는 시간이 너무 빨리 끝나서, 길이 안 막혀서 등등. 매일매일 다른 이유와 사건들로 기다리는 시간이 길어졌다. 나는 늘 그 시간에 스트레스를 받았다. 이 시간에 뭐라도 할 수 있을 텐데. 새로운 걸 할 수 있을 텐데. 아니, 새로운 걸 하지 못하더라도 그저 편안한 휴식이라도 할 수 있을 텐데.

누군가 약속 시간에 늦게 되어 삼십 분 또는 한 시간을 혼자 남겨져버리면 나는 멍하니 앉아 있기만 했다. 애매한 시간이라 무언가를 할 수도 없었다. 혼자서 밥이라도 먹어야 하나. 구경이라도 다녀볼까 걸음을 옮겨도 사실 그다지 신나지 않았다. 남들에게는 말로 난 혼자서도 잘 논다고 그러면서 사실 혼자만의 시간 같은 건 즐기고 싶지 않은 거다. 외로운 건지 낯선 건지 잘은 모르겠지만 기분이 안 좋은 건 확실했다. 그래서 괜히 늦은 사람들에게 역정을 내기도 했다.

어쩌면 나는 겁쟁이일지도 모르겠다. 혼자서 무언가를 하는 게 무서웠던 거 아닐까. 이상하고 좀 별로일지라도 같이 웃어넘길 수 있는 사람이 없어서 혼자는 싫은 것이다. 겉으로는 강한 척, 괜찮은 척, 혼자 잘 노는 척만 하던 나는 알고 보면 누구보다 여리고 소심한 마음을 가지고 있으니까. 그 여린 맘에 상처라도 날까, 누군가에게 들킬까, 혼자 다닐 때면 아주 딱딱하고 무표정한 얼굴을 하고 걸으니까 말이다.

나는 그동안 무엇에 겁을 내고 있던 걸까. 사람들에게? 나에게? 타인의 시선에서 아니면 지금의 현실에서? 잘은 모르겠지만, 어쨌든 내가 겁이 많다는 것을 인지해버리고 나니까 그간의 내 행동들이 스스로 이해가 됐다. 무슨 버튼이라도 누른 것마냥 갑작스럽게 화를 내고 울어버렸던 것은 내가 어떤 것으로부터든 나를 지키고 싶어서 그랬던 행동이었다. 겁이 많아서 다가오는 누군가에게 소리를 쳤을 거고 괜히 웃으면서 맘에도 없는 말이나 하고 후회했던 것이다.

혼자 보내는 시간이 그저 내 마음 문제였다는 걸 알고 나니까 후련해졌다. 그저 어떤 것을 겁내고 있었던 거라 생각하니까. 겁쟁이 같은 마음이 사라졌다는 게 아니다. 겁쟁이 같은 마음도 인정해주고 이해해주니까 후련해졌을 뿐.

오늘 같이 시간을 보내기로 한 친구가 좀 늦었다. 전화로 이런저런 사정을 얘기해주고 나한테 정말 미안하다고 했다. 신경 쓰지 말라고 말하고 느긋하게 버스를 타고 이동을 했다. 원래 내리기로 한 정류장보다 한 정거장 전에 내렸다. 적당히 덥고 적당한 바람이 부는 날씨. 오늘은 혼자 잘 놀 수 있을 것 같았다. 산책을 즐기는 강아지처럼 나도 가볍게 걸었다. 예쁜 가게가 보이면 들어가 구경도 하고 친구의 생일선물도 미리 샀다. 여기는 못 걸어본 거리인 것 같은데? 싶으면 그 골목으로 걷기도 했다.

혼자 보내는 시간이 이렇게 달콤할 수 있다니. 무엇에도 구애받지 않고 걸을 수 있다니. 새삼 내 마음가짐의 차이가 엄청나게 크게 느껴졌다. 내 마음이 가벼워지면 내 발걸음도 가벼워지고, 나를 인정하고 나니 타인의 시선으로부터 조금은 자유로워졌다. 이 모든 게 남들의 탓이 아니라 사실 내 마음의 차이였다니.

오늘 또 성장한 느낌이다. 이젠 혼자서도 잘 놀 수 있으니까 또 어른이 된 기분이다. 마음가짐을 고쳐먹을 수 있는, 삶의 의지가 넘치는 그런 사람으로. 동경의 대상을 따라 한 걸음 한 걸음.

걸어볼까

자주 뜻하지 않게 일찍 일어나게 된다. 아무것도 안 하고 깨어만 있다가, 힘들게 눈을 뜨고 시간을 보면 어김없이 일어나야 하는 시간이다. 물론 일이 없는 것보다야 있는 게 훨씬 낫겠지. 몇 배는, 아니 몇백 배는 낫겠지. 그렇게 생각하면서 나를 위로한다. 물건들과 건물들조차 아직은 잠들어 있는 듯한 시간에 세수와 양치질을 한다. 겨울에는 머리를 다 안 말리고 나서면 너무 추우니까, 전날 밤에 샤워를 하고 잔다. 그 덕분에 나갈 준비는 십여 분 만에 끝난다. 냉장고에서 요거트 하나를 따서 먹는다. 언제부턴진 몰라도 요거트를 안 먹으면 불안해졌다.

바깥은 늘 생각하고 있던 것보다 소란스러워져 있다. 이 시간에도 일어나는 사람이 이렇게 많은가 싶을 정도로. 폐 속까지 시린 공기를 크게 마시며 걷다 보면 어느새 잠이 깬다. 발걸음에 점점 힘이 실린다. 왜 그런지는 나도 모르겠지만 아마 아침 공기에는 사람을 기분 좋게 만들어주는 힘이나 성분 같은 게 들어 있는 것 아닐까? 이제는 다 떨어져버려 수북이 쌓인 낙엽들을 괜히 밟아본다. 사각사각 소리도 좋다.

전철 안은 조용하다.가만히 앉아 있으니 바깥 풍경이 보인다. 막 잠에서 깼을 때는 세상이 아직 잠겨 있는 것만 같았는데 점점 해가 강렬하게 뜨기 시작했다. 이 겨울에도 햇볕은 따듯하구나. 눈이 시려서 잠깐 감았다.

별로 의욕 없는 날이었는데.

오늘도 어제랑 다를 바 없는 날이라고 생각했는데.

나, 여기까지 오는데도 이만큼이나 생각하고 느껴버렸다.

삶을 의욕적으로 못 살고 있다고 생각했는데.

어쩌면 누구보다 열정적이었던 건지도 모르겠다.

그래, 숨을 크게 쉬어보자.

한걸음 걸어보자.

“

여전히 매일매일 뒤섞이는 감정들로

아직 나도 나를 온전하게 바라보지 못하지만 노력하고 싶다.

노력하다 보면 언젠가 또 새로운 깨달음이

내게 다른 내용의 일기를 적을 수 있게 해줄지도 모를 테니까.

그때는 인생의 새로운 일기장을 펼쳐봐야지.

”

애정하는 사람

초판 1쇄 발행 • 2021년 11월 22일

지은이 • 김민서
책임편집 • 오휘명
마케팅 • 박근호 김은비
조판 • 유서희
디자인 • 유서희
펴낸이 • 박근호 오휘명
펴낸곳 • 도서출판 히읏
출판등록 • 2020년 4월 28일 제 2020-000109호
주소 • 03961 서울특별시 마포구 월드컵로 31길 29 2층
전자우편 • heeeutbooks@naver.com

ISBN • 979-11-970875-7-8 (03810)